光文社文庫

ムーンライト・ラブコール

梶尾真治

光　文　社

目次

ムーンライト・ラブコール

ヨーコ・Kは悪戯《いたずら》っぽい笑いを浮かべて、ちょこんと首を扉からのぞかせた。

「おばあちゃん、入っていいかしら」

おばあちゃんは、机にむかって本を読んでいるのだった。ヨーコ・Kの声を聞くと、我にかえった様子で金縁の鼻眼鏡をずりあげ、声の方へ身体をむけた。

「おや、あらたまって」

ヨーコ・Kは入口に背をもたせかけて、まだ立っていた。おばあちゃんは読みかけの「重力生理学」の本を閉じると、ヨーコ・Kに遠慮しないでと、椅子をすすめた。

「今日は、なんの御用かしら。お小遣いでも足りないのかな」

ヨーコ・Kは大きく、かぶりを振った。「まっ、私、そんなに子供じゃなくってよ。もう、二十歳過ぎてるんだから」

おばあちゃんはニコニコ笑いながら、昆布茶とチーズせんべいを用意した。

「そりゃあ、私の眼から見れば、ヨーコはいつまでたっても、子供に見えちゃうんだね」

外は、すでに夜の帳帷《とばり》が降りてしまっている。おばあちゃんの部屋は壁がすべて書棚になっていて、若い頃から自分が著した専門書や研究資料がならんでいた。

おばあちゃんは科学者なのだ。

「今日は、ちょっと話を聞きたかったの」

ヨーコ・Kは少し照れ気味に言った。

「おや、まあ。何だか、あらたまっちゃって。一人で来たの」

「んー。ケイスケと二人で。ケイスケは外にいるって」

ケイスケはヨーコ・Kの弟である。ヨーコ・Kの家族は、おばあちゃんの家からそう離れていない場所に住んでいる。

「何故、ケイスケは中に入ってこないの」

「うん。私が、おばあちゃんにプライヴェートな相談をするんだから……と言ったら気をつかっちゃって。それに今夜はもうすぐ、……でしょう」

ヨーコ・Kは、はにかみながら、そう言った。それから視線は、おばあちゃんの机の上に飾られた写真に移った。その写真には、若き日のおばあちゃんと、色の浅黒い、涼しい瞳を持った青年が写っていた。若い頃のおばあちゃんは、瞳の大きな、えくぼの可愛い魅力的な笑顔を持っていた。

「おじいちゃんとのことを聞きたかったの」

ヨーコ・Kは唐突にそうきりだしていた。

「あら、あら。何かと思ったら」

おばあちゃんは少し、おどけた口調になった。そんなおばあちゃんの様子には、若い頃からの上品さといったものが少しも損なわれていないのだ。

「パパや、ママから聞いたのよ。おばあちゃんと、亡くなったおじいちゃんは、すごい大ロマンスの挙句、結ばれたんだって。私は、おじいちゃんを知らないし、……それに色々参考にしたいんだもの」

「はぁ、ヨーコも、かなりおませさんだね」

「私、二十歳すぎよ。おばあちゃん」

ヨーコ・Kはぷっと頰を膨らませた。

「まあ、チーズせんべいでも食べなさいよ」

「ねぇ、話してくれるんでしょう」

おばあちゃんは鼻から眼鏡をはずし、窓の外の遠くをみつめていた。何かを反芻《はんすう》し、確認するように。それから……。

「遠い昔のことだからね」と呟《つぶや》いた。

窓には、クレセント・ムーンがぼんやりと浮かんでいた。

「私が、まだ大学生の頃だったわ。おじいちゃん――ケイイチさんに初めて会ったのは。もう、四十五、六年も昔のことになるのねぇ。まだ、二十一世紀に入っていなかったから、一九九七年くらいだったかしら。

ケイイチさんとは、同じ大学だったの。ヤボン総合大学。私は地球外におけるライフ・サイエンス、そしてケイイチさんは、うーん光通信の新しい応用について研究していたっけ。正確な学部は忘れてしまったようね。とにかく、おたがい教養課程でよく共通の学科を偶然に選んでしまったみたい。いつ、彼に気がついたかというと、講義中のこと。性格学の講義のときだったわ。教授がクラス中の血液型について挙手させたの。A型が四十人くらいだった。O型が二十人くらいだったかしら。B型が……手をあげたのが一人だけ。それが彼だったの。そしてAB型。そしたらAB型というのが私だけだったの。私は、講義は一等前の席で受けなければ厭《いや》な性格だったから教授の眼の前の席。そしてB型のケイイチさんも私の隣だったの。クラスの中で、すごく目立ってしまってね。そしたら、教授がケイイチさんの名前を訊ねていったの。

『元来、B型はAB型をお守《も》りする立場にある。きみは、彼女をお守りしてるかね。このクラスにB型はきみ一人しかいないんだからね』って。彼はクラス中の笑い声の中で、顔を真っ赤にしてうつむいていたわ。それで、初めてケイイチさんという存在を知ったのよ。でも、それだけだったわ、そのときは。講義が終わって、ケイイチさんは私に話しかけてきたの。

『いまの血液型の話。信じますか』って。

『さあ、面白いけど、あまり気にしないわ。血液で人間が分類されてしまうなら、大雑把《おおざっぱ》に四タイプの人間しかいなくなってしまうし、それでは味気ないじゃないの』

そう私は答えた気がする。

他の教養課程の講義でも、よく席を隣りあわせていることに気がついたわ。それで、何となく挨拶しあうようなことになったの。

『おはようB型さん』

『ど、どうも』という感じ。よく見ると、彼は中々、ハンサムだと気がついたわ。うーんあまり良い表現じゃないけど、やさしさと気の弱さが渾然とした感じ、もう一つ迫力に欠けるきらいはあったけれど、誠実さだけは、雰囲気でわかったわ。

『いつも、講義を最前列で受けるのね』そう言うと『最前列でないと講義に集中できないものですから』と笑って答えてくれたの。すごく、すがすがしい笑顔だったの。

……そうよ。その頃から、徐々にケイイチさんを好きになりはじめたのよ。

私のほうからは誘ったりはしなかったわ。私、自分でもプライドが高いつもりだったものだと思ってるくらい。他の女の子だったら、あっさり自分の方からデイトに誘ったりとか、あの彼は私のステディだから手を出さないでと宣言してたほどだから時代遅れの女の子だったのかもしれないわ。……私かい。もちろん魅力的だったわよ。今では、こんな皺《しわ》くちゃになっているけれど、その頃はプロポーションも満更ではなかったと思っているよ。おじいちゃん……ケイイチさんも結婚してからのことだけれど、瞳がいいんだって……いつも言ってくれてたものね。他の男の子が誘ったりもしてきたのだけれど、忙しいからと言って、あまり相手にもしなかった。だって興味もない男の子と無駄な時間を費すより、本読んでいたほうが、余程、胸がときめいたものよ。

……もちろんケイイチさんは別よ。でも、決して彼は私を誘ったりはしてくれなかった。講義の前後に、おたがい軽いジョークをとばしあうのが関の山。今、考えてみると、隣の席にいる私のところへ男の子が、誘いにきて、それが次々に断られている様子を眼にしていたのだから、おじいちゃんにしては、自分が誘ってもとてもだめだと思っていたのかもしれない。

初めてのデイトのチャンスというのは、何だか凄く唐突にやってきたの。情報整理学の講義の前だったと思うけれど、一人の男の子が私たちの席にやってきた。

『ぼくたち、ダンス・パーティ主催しているんだけど、券を買ってくれない』すごくしつこくて、ね。『一緒に行く相手がいないから』って私は一所懸命に断ってたの。そしたら、その男の子は、ケイイチさんにいうの。

『おい。B型。おまえ、AB型のお守り役なのだから、こういう時はエスコートしなくちゃいけないんだぞ。このクラスの男性は、すべて彼女にデイトの申し込みをやって、皆ふられちゃっている。一緒に行く相手がいないと言っとられるんだから、おまえの責任ということになる。ケイイチくんは今、二十クレジット持ってるか』

ケイイチさんが持っていると答えると、じゃあ出せというの。二十クレジット出すと、その男はダンス・パーティの券を私に渡して言ったの。『じゃあ、二人で楽しんできてください。運営者を代表して感謝します』

私、パーティ券を二枚ともケイイチさんに返そうとしたのだけれど、彼、困ったような顔したの。

『返してもらっても、ぼくには一緒に行く相手なんかいないんだから、いいよ』でも、もったいないわね。私のためにパーティ券を買わされた結果でしょう。何となく、ケイイチさんとダンス・パーティに行くはめになってしまった。ケイイチさんとなら一緒してもいい気がしたし。

それが最初のデイト。

……どうだったかって。無重力装置がダンスホールに応用されはじめて、すぐの頃でしょう。アン・グラヴィというステップが流行ってた頃ですよ。私、そんなステップ知らなかったもの。それに、ケイイチさんって、それまで全然ダンスなんて踊ったことがなかったの。二人とも、壁際で、耳をそばだて、大声で話をしてたわ。途中で出てきちゃった。それから、二人で歩きながら話をしたのだけれど、そのときのほうが楽しかった。おたがい、キャンパスでは話さなかった色んな話題がでたわ。おたがいの将来の夢や、おいたちのことなんかをね。

この日から、よくデイトするようになったの。わりと気楽な友人同士というかんじ。おたがい、あまり友だちが多い方ではないし、それに、おたがいの自由を拘束しあわないという不文律を持っていたようね。私はどちらかというと、今でもそうだけど、ときどきフッとひとりになりたいときがあるの。何故だかよくわからないけれど、デイトの途中でも、よく、何だかすべてが馬鹿馬鹿しく思えて、ひとり帰っちゃうことがあったわ。それでもケイイチさんは、絶対に怒ったりすることがなかった。『ぼくはお守り役らしいから、いいよ』っていつも言ってたわ。

そんなとき以外は、いつも私の下宿まで送りとどけてくれたもの。

友だちづきあいだったから、あまりベトベトしたものはなかったの。でも、私もだんだん、彼に好意以上のものを持ちはじめたのね。やはり、他の男性たちとは、どこかが少し違っていたものね。

私は、宇宙生理学の専門コースに、そしてケイイチさんは通信開発のほうに進んでいき、一緒に講義を受けることもなくなってしまったけれど、休日などは、一緒に過ごしたりしていたわ。『完全黒体って知っているかい。総《すべ》ての光を完全に吸収してしまう。ブラックホールも一種の完全黒体と考えていいと思うのだが、超重力を伴わない完全黒体について研究している。通信方法にどう応用できるかはわからないけれど、分野としては、まだ新しいから、やりがいがあるんだなぁ』

そんなふうに自分のやっている研究について熱っぽく語ってくれたのよ。そんなときのケイイチさんの瞳の輝きは確かに違っていたわね。

でも、ケイイチさんの本心というものが、私には全然摑めずにいたわ。周囲からの私たちを見る眼というのは、恋人同士に映っていたようだったけれど、おたがいのことをどう思っているかということを確認したこともなかったし、私も口には出さなかった。

それはね。あまり使いたくない言葉だけど〝愛〟というものの考え方ね。本当に愛している相手の負担になってはいけないという基本的な考えを持っていたの。それは精神的にも物質的にもよ。ケイイチさんに対して好意以上のものを持ってはいたけれど、それを、相手にも、自分に対してと同じく要求するという欲求自体、利己的なものにすぎないと考えていたの。だから、ケイイチさんに対しては、それ以上のことは望まなかった……と言ってしまえば嘘になるかしらね。

それに、ケイイチさんは、私のお守り役という使命をもっているのかもしれないと思ったこともあるのよ。私と交際するのは、彼のボランティア精神じゃないのかしらって、フフッ。

私も、自分の極めてみたい道を目指していたから、もしも私の前から、いつかケイイチさんがいなくなったにしても、それはそれで仕方のないことなのだと思っていたわ。

そんなふうなことよ。

あっ、お茶をもう一杯あげようかね。いいお茶をもらっているからね。エッ。いいのかい。

それからって。

もちろん結婚したから、おまえたちが、いるんじゃないの。

永い交際でね、そんな友人同士のつきあいが、大学の卒業まで続いたんだねぇ。

その頃になると、私の友人にも、少しずつ他の男性が加わりはじめてきたの。やはり、大人になると、交際範囲が広がってくるのね。でも、男性といっても、ケイイチさんほど以上に異性として意識する人はいなかったわ。

私、他の男性と歩いているときにケイイチさんに出くわしたことがあったの。彼は気がつかないふりですれちがってしまったわ。その夜、すごくケイイチさんのことが気がかりだった。それで、はじめて、自分にとってケイイチさんが大事な人だと気がついたのよ。

次のデイトでも、ケイイチさんは私に、そのことについて何も触れようとはしなかった。ただ、最近おこった身のまわりでの馬鹿話が主で、いつもどおりのデイトだった。

私……何だか、ほっとしたと同時に、やりきれない思いにかられたの。ケイイチさんにとって私はいったい何なのかしらって。私をほんとうに好きなら、他の男性と一緒にいるのをせめたりするということはないのかしら。ひょっとすると、あのとき、ほんとうにケイイチさんは私に気がつかなかったのかもしれない。……でも、そんなことは、ありえないはず。そう自問したわ。

そうしているうちに、私たちは卒業して、二人とも、別々の道に進むことになったの。同じ、宇宙開発省なのだけれど、ケイイチさんは宇宙通信技術局の勤務、そして私は、宇宙環境適応局の研究室勤務。そこで、宇宙生理学の研究をやっていたわ。宇宙線の脳神経に与える伝達速度の影響とかをね。私にとっては、やりがいのある仕事だったからねぇ。私の仕事も、ケイイチさんの仕事も、未知の分野に手をつけたようなものだったからね。それも全人類にとって、手つかずだった分野。勤務地も離れてしまったわ。それでも、手紙のやりとりは続けていたの。おたがい勤務がばらばらだし、テレ電も中々通じなかったものね。だから、非常に大時代的ではあるけれど、手紙だけが確実に自分の意思が相手に伝わる唯一の方法だったのよ。

ケイイチさんは、毎日のできごとや、考えや、研究の進行状況を手紙に、おもしろおかしく書いてくれたわ。

完全黒体の変換が具体化したとか、昼間でも空間の一部を闇に変えることが可能だとか、夢みたいなことが書いてあった。でも、それが仕事だったのだものね。

でも、一言も私に対して、どう思っているとか、好きだとか書いてなかったわ。それでも私はケイイチさんの手紙が楽しみだった。私も返事を出したりしたのよ。もち論、一言もケイイチさんのことが好きだとか、そんなはしたないこと……はしたなくはないんだけれど……とにかくそんなことにはふれなかったわ。自分の今、興味を持ってることや、読んだ本の感想、たずさわっている仕事のことなど。そんな内容だったと思うわ。

そんな手紙が私のところからケイイチさんのところへ、ケイイチさんのところから私のところへ。いったりきたり、いったりきたり。

いつも私はケイイチさんに会いたくて会いたくてたまらなかった。その気持をなかば欺《だま》し欺し暮らしていたに違いないわ。仕事にうちこんでいるときは、刹那ケイイチさんのことを忘れることができたから、循環的に仕事に没入することにしたの。でも、仕事が終わりぼんやりしているときは、ふとケイイチさんのことを考えていることに気づくのよ。

他の男性と交際してみようという心の余裕はとてもなかったわ。

あるとき、突然ケイイチさんが訪ねてきたことがあったの。前日に、テレ電が入って、会いたいと言うの。その日、私は休暇をとってケイイチさんを待ったわ。ケイイチさんは片道三時間の距離をリニア・カーでやってきた。九ケ月ぶりの再会だった。

で、以前のデイトのときのように、二人はあきもせずにいろんなことを話したのよ。学生時代のことや、近況報告について。

半日が嘘のように、あっという間に過ぎていったわ。それからケイイチさんが、言ったのよ。私に会いにきた理由を。

勤務地が、変更になるんだ。そうケイイチさんは言ったわ。研究している完全黒体の応用段階として、当然勤務が変更になるとは覚悟していたのだけれど、こんなに早いとは思わなかった。昨日、辞令をもらったんだ。もう数日後に新しい勤務地へむかわなくてはならない。そのまえに、きみに会っておきたかったんだ。

どこなの。そう私はケイイチさんに聞いたのよ。すると、ケイイチさんは夕闇の天空にぽっかりと浮かんだ月を指したのよ。あそこだよって。

私は、一瞬、意味がよくわからないでいたみたい。でも、それは、そのとおりの意味だったの。彼は月面基地内の総合研究室に配属が決定したのよ。地球で疑似環境のなかでの実験ではどうしても限度があったし、いずれそのような配属になることは予測されていたことらしかったわ。その異動が、エリート・コースを歩くための布石になるはずであろうことは私にも容易に予測がついたわ。でも、それが私にとってどうだというのかしら。なんだか、私、そのとき、口ではおめでとうと言いながら、すごく気落ちしていくのがわかったの。どのくらいの月面勤務になるのかしら。……そう、私はさりげなく聞いてみた。はっきり、わからない。ただ、研究の一応の目処《めど》がつかないと無理だと思う。特殊分野だから、簡単に人員の補充がきくというわけにいかないから。

眼の前にケイイチさんがいるのに、彼が何だかすごく遠いところへ行ってしまったような気がしたわ。そして現実に、彼は遠い……文字通り遥かな場所へ行ってしまうことになるの。その後、彼が言ってくれる言葉を私は待っていたわ。愛してくれていることを確認する言葉を。でなくてもいい。ただ、一言、待っててくれと言ってくれるだけでよかったの。

私は黙っていたわ。

彼は大きく息を吸いこんで、なんだか口ごもっているようだった。でも、……とうとその言葉を彼の口から聞くことはできなかった。

手紙を出すよ。……月からでも手紙は出せるんだ。電送して送ることができる。きみも、局宛に送ってくれれば、局のほうから手紙を月に電送してくれるはずだから。

そんなことをケイイチさんは言っただけだった。でも、口ごもったときの彼を見て、私は確実に感じることができたの。もっと、彼は何かを言いたかったに違いないの。でも、それは、私にははかりしれない理由のために告げることをためらったのだと自分に言いきかせたわ。

それから、ケイイチさんをリニア・カーの駅に送っていった。そのときは、もう、おたがい冗談を言いあっただけの別れ。

十日近くたって、宇宙開発省の封筒の手紙が届いたの。月面基地に赴任したケイイチさんの第一報。

あのときの最初の文面は今でも憶《おも》いだすことができるわ。こんなふうよ。んーと……。

——サエコさん、このあいだはどうも。こちらに着いてから、ずっと胃の調子が良すぎて困ります。消化が速く、すぐにお腹が減るのです。引力の少ないせいですか。宇宙生理学ではこういうのは正常なのでしょうか。体重は六分の一になったのですが、こういう食生活を続けていると、地球での体重になってしまいそうですね。そうなると地球へ帰ってきたときは身動きできないゴムまりみたいになっちゃうのではないでしょうか。次の食事からダイエットをはじめるつもりです。……

そんな書きだしだったと思うわ。そんな手紙の用紙に、〈宇宙開発省／電送受信専用〉と印刷されていて、右下隅に受信担当者の日付入スタンプが押されていたりして、しかつめらしさと、内容のアンバランスぶりに思わず吹きだしてしまったわ。

空を見あげたら、今夜みたいな、クレセント・ナイトだったっけ。いつまでも、月を見ていたものよ。でも、月面基地のある〝虹の入江〟よりの〝雨の海〟は見えるはずもなかったの。

何度かの手紙が往復したわ。

そして一年が過ぎてしまったわ。

そんな頃、私ね、上司から、ある男性を紹介したいといわれちゃったのよ。仕事一途だったでしょう。職場の人からすれば他に交際している男性もいないように見えたにちがいないの。だから上司は、まったくの善意で、私にお見合いさせようとたくらんだらしいのよ。その男性というのが上司の甥になるらしくて、職場での私のスナップ写真を見て、いたく気にいったらしいというの。一流企業の若手重役らしくて、絶対悪い話ではないとすすめるのね。

私、本当に困ってしまった。

会うだけでもいいからという上司のすすめに、私は時間をもうしばらくくださいと頼んだわ。そうするしかないじゃない。

だって、上司の方からその話をうかがっている間中、ケイイチさんの顔が閃光のようにちらついていたんですもの。

私は、一つの決断を迫られていると思ったわ。だから、その夜、ケイイチさんに手紙を書いたの。

今、上司の方から、ある男性との交際をすすめられていること。それは結婚を前提としたもののようで、自分では、正直言ってどのように対処してよいかわからないでいること。このようなときには、どうすべきなのか、ケイイチさんのアドバイスをお願いしたいのですが……。

そんな内容で。

宇宙開発省へ急いでこの手紙を持ちこんだわ。ところが、地球外勤務者への手紙は検閲があるのよ。ちょうど、その手紙は引っ掛かってしまった。何故かというと、地球外勤務者の精神状態に多大な影響を与えると思われる内容については、これを伝達しないという大前提があって、この手紙の内容は、これに触れる恐れがあるというのよ。それで、私とケイイチさんとの間柄について宇宙開発省の役人から根掘り葉掘り聞かれたりしたのよ。でも私はケイイチさんはただの友人ということで押しとおしてしまった。

その手紙を出した日、家に帰りつくと、宇宙開発省から入れ替わりに、月面交信の要請が入っていた。私が手紙を出したのと相前後して月面基地のコレクト・コール予約が入ったわけよ。二日後に、宇宙開発省通信技術局で月面基地員と、地球に残っているその家族とのテレ電があったのよ。そして、ケイイチさんはテレ電の相手を私に指定していたというわけ。私は、そのタイミングの良さに驚いたわ。その頃だったら、私の電送手紙をケイイチさんが読んでいるのは確実だと思ったからよ。そして、そのテレ電が、私の人生を方向づけるにちがいないという予感みたいなものを持ったわ。何か、ケイイチさんは自分の、私に対する考えをしめしてくれるにちがいないと確信したの。

二日後、宇宙通信技術局のテレ電の受像機の前で私とケイイチさんは、むかいあっていたわ。おたがい変わっていないのを確認して安心したわ。それに、私は笑顔を浮かべているくせに何故か涙がでてきてね。止まらないのよね。

私、言ったわ。手紙、読んでくれたって。ケイイチさんは、うなずいてた。真面目な顔して。私どうしたらいいか、わからない。そう言ったの。彼は困ったような顔になった。私は、しまったと思ったわ。私は、ケイイチさんを困らせるようなことをしているんじゃないのかしらって、話題を変えたの。仕事のほうはって。そしたら、彼に笑顔がもどったの。完全黒体の研究が一段落したから、もうすぐ地球へ帰ってくるって、そう言ったわ。それから、今度の満月の夜、完全黒体の原始的な実験をやるから、月を見ていてごらん。ロボット月面車を総動員する予定でいるから。それが終わったら、いよいよ月勤務はおさらばだなって。また私に会えるのが楽しみだって言ったわ。

そこまで言うとケイイチさんは私をじっと見て、口を何度も開きそうにしたわ。それから思いなおしたように、

『他の男性との交際のこと……次の満月まで考えてみることにする』と何かのついでのように言いそえて、テレ電は切れてしまったの。

私、がっかりしてしまった。彼の気持はわかったわ。たぶん、ケイイチさんも私のことを好きだということを。でも、彼の口から、はっきり言えないとすれば、それに私は応えようがないんだからね。宙ぶらりんの風船のようなもの。

きっと、このような状態が永遠に続くようなら、二人とも中途半端なままなら。

私、ふっと思ったわ。もう、そろそろ、別々の生き方でおたがい生きていってもいいのではないかしらってね。上司の方のすすめも新しい人生の節目になるのであれば、話を受けてみてもいいのではないかって。

それで、私は、それ迄の人生への訣別の日を設定することにしたの。次の満月の日に、ケイイチさんの実験を祝福してから、私は私なりの人生を歩んでいくことにしようって。

満月が近づくにつれてファクシミリで、完全黒体応用の原始的通信の解説や、ケイイチさんの経歴を読むことができた。そんな前衛的な科学に取組むケイイチさんに私は心から拍手を送ったわ。

満月の夜、私は窓辺で、ワイングラスを持って月を眺めていたの。静かな夜だった。でも、全世界が、初めてという完全黒体通信を固唾《かたず》をのんで見守っていたにちがいないのよ。きっと、その時、月面の全域で、ロボット月面車がフル稼働していたはずだわ。

時計が九時を知らせたの。約束の時間だったわ。完全黒体通信がはじまったの。総ての光を吸収してしまう完全黒体。

月面にいくつかの黒点が発生したの。それが月の表面を移動していき、〝晴の海〟から〝危の海〟、〝豊かの海〟へと線を描いていくのよ。そう、完全黒体の真黒の線。それが、月の輪の縁にそってハート型を描いたの。と、同時に、日本語でいくつかの文字が、浮かびあがってきた。

――サエコさん・結婚しよう・ケイイチ

そんな字が、はっきりとハート型の中に書かれているの。月面いっぱいに。

私はとびあがった。信じられなかったの。こんな壮大な、全人類を証人にしたプロポーズなんて……ねえ、唐突すぎるじゃない。あの照れ屋のじれったいほどのケイイチさんがこんなラブコールをやるなんて。でも、彼にしてみれば、これは大決断のプロポーズだったにちがいないの。涙が止まらなくなっちゃってね」

そういいながら、おばあちゃんは窓の外から、視線を部屋の中へ帰した。

「ふうーん。ロマンチストだったんだね、おじいちゃんは。それで、おばあちゃんと結婚したわけか」

感心したようにヨーコ・Kは頬杖をついておばあちゃんの話を聞いていたのだ。

「何故、急にそんな話を聞いてみようと思ったんだい」

今度は、おばあちゃんが質問する番だった。

「うん。私の彼のことよ。マサミチ・Mといって、やはり宇宙通信技術局に勤務しているの。彼ったら、すごく素敵なんだけれども、私のこと、どう思ってるかわからないのよ。まったく軟弱なんだから。好きなら、好き。一緒になりたいなら、なりたいとさっさといってくればいいのに、ちっともわかんないの。まるで、おじいちゃんみたい」

ヨーコ・Kは頬を膨らませ、口をとがらせながらチーズせんべいに手を伸ばした。おばあちゃんは楽しそうに目を細め、「おや、おや」と呟いた。

「だから、私、問いつめたのよ。私のこと好きなら好きとちゃんと言えないのって。そしたら、今日、わかるというの。彼ったらニヤニヤしながらね、そういったわ。マサミチ・Mは、今三百三十光年元のこぐま座イルドンの近くに亜空間航法でいってるの。もち論、宇宙通信技術局の仕事でよ。亜空間投影通信の実験をやるらしいの。それが今夜の予定」

おばあちゃんはヨーコ・Kの話を聞きながら、楽しそうに笑っていた。

「やはり、血は争えないみたいだねぇ。おばあちゃんのときと、まるでそっくりだ。似たような男性を好きになるものなんだよ。みていてごらん」

おばあちゃんが、そこまで言うか言わないうちに男の子の声が響いた。

「すごいよ。お姉ちゃん、はじまったよ。亜空間投影が……」

ヨーコ・Kの弟のケイスケが外ではしゃぐ声だった。二人は外へ出た。

「まあ」

ヨーコ・Kは夜空いっぱいに広がった亜空間投影通信技術を眼にしたのだった。

銀河の彼方からヨーコ・Kに送られてきたピンクとブルーのラブコール文字を。

――イカしてるぜ！　ヨーコ・K
　俺、大好きだよ!!
　　狂いハートのマサミチ・M

おばあちゃんは、うれしそうに夜空を仰いで呟いたのだ。

「科学って進歩してるんだねぇ。おじいちゃんのラブコールより、なんと、ド迫力だよ」

アニヴァーサリィ

老妻のまり江のベッド脇に立って、夫の仙太は申し訳なさそうにしていた。

「実は――」

それから、後が仙太の口から、なかなか出てこない。

病には罹《かか》っているものの、まり江は、穏やかな笑顔を浮かべて辛抱強く夫の言葉を待っていた。

「実は、今夜のクリスマス・イヴ。……一緒に過ごせないかもしれない」

何か、もっと言いたいことがある筈だというように、しばらく、まり江は笑顔を浮かべたまま黙っていた。

仙太は、まり江から視線をはずし、後ろめたそうに少しそわそわとした。

仙太が、何やら落着かない様子のときは、独特のクセが出てくる。全身をせわしなく、揺するのだ。白い髭《ひげ》やみごとに禿げあがった頭を撫ぜまわす。どう、まり江に説明したらと困りきっているのだ。のべつ身体を揺するので、その肥満した身体をもて余しているようにも見える。

ベッドの中から、そんな仙太を見上げて、まり江は思った。

——この人、若いときから、要領の悪い人だったわ。で、それが、ちっとも変わっていない。正直で隠しごとができなくて。

でも、そんな人だから、私は信頼してついてきたのに。お金持でなくっても、出世して偉い人にならなくってもよ。

そんなに、そわそわしなくてもいい。遠慮しないで、わけを言えばいいのに。

仙太にも、後ろめたさを感じる理由がちゃんと、ある。

クリスマス・イヴというのは仙太にとって特別な日だという思いがある。それは、まり江にとっても同じはずだという確信がある。

十二月二十四日は、仙太とまり江の結婚記念日なのだから。

今年が、その三十五回目にあたるはずだ。

クリスマス・イヴが、その記念日になるということを意識しはじめたのは、何回目の記念日からだろう。たしか、三回目か……四回目のはずだ。

だから、毎年のクリスマス・イヴだけは、キャンドルを灯し、自分たちの記念日を二人だけで祝いあった。

二人は子供にはめぐまれなかったが、ずっと仲のいい夫婦できたはずだ。

二年前に、それまで勤めていた商事会社を定年で退職した。係長職までは到達したが、それ以上の欲はなかった。嘱託で五年ほどはまだ勤められると、会社の勧めもあったが、仙太は、それも丁重に断った。

それからの残された老後の時間をまり江のためだけに費すのだと、彼は決めていたからだ。まり江は、仙太の決めたことに決して愚痴をもらすことはなかった。それに、二人だけの時間を、準備してくれる仙太の気遣いはまり江にとって嬉しいことだった。

二人は、それから穏やかな老後をつつましく、送るつもりでいた。退職のときに会社から貰った金と貯えで、贅沢さえしなければ、ゆったりと過ごしていくには充分なものがあった。

今年の初夏のことだった。

まり江が病で倒れた。

性質の悪い病気で、二度手術を受けた。それも、他に転移部があるかもしれないから、と仙太は医師に釘を刺されていた。どれだけの効果があるかはわからないがと紹介された高価で特殊な新薬は、金に糸目をつけずに、すべて試した。

仙太にとって、まり江は唯一無二の存在だったからだ。まり江を失うわけにはいかなかった。

その効果が、しばらくすると、みるみる現れ始めた。まり江の身体にではない。二人の家計の方に……。

退職時には、ちょいとした貯えだと思っていた金も、どんどん目減りしていき、仙太も再び職に就かざるをえなくなった。

しかし、退職後一年を経過した老人に、そうそう有利な仕事がまわってくることはない。仙太は、今、駅の近くの駐車場で管理人をやっている。

「頼まれたんだよ。

いつも黒のベンツをあずけに来るお客さんに。そのお客さん、――吉田さんっていうんだけど――仕事場で熱心に頼まれたんだ。今夜、なんとか協力して欲しいってさ。前から頼もうと目をつけていたらしい。その吉田さんって、めばえ愛童園っていう施設の理事長さんだったんだな。わし、全然知らなかったんだが」

「知ってるわ」とまり江は笑った。彼女は聞いたことがあった。「めばえ愛童園って身よりのない子供たちを育てている施設なんでしょ」

「そ、そうか。知ってるのか」

仙太は安心したように、大きく溜息をついた。「そこで、今夜クリスマス・パーティを開くんだそうだよ。わしに手伝って欲しいってさ。わしは、力不足だからって断ったのだが、吉田さんが熱心でね。ついに負けてしまった」

「わかるわ」

まり江は笑った。

「何が――」仙太は、少しきょとんとした表情になった。

「あててみましょうか。あなたの役」

まり江は、いたずらっぽい口調になった。

「ああ、あててごらん」

まり江は、クスッと笑い声をたてて続けた。

「サンタクロースの役でしょう」

仙太は、どんぐり眼《まなこ》を更に開き、くりくりとまわしてみせた。

「な、何でわかるんだ」

「私のカンです」

まり江は答えた。一目見たら、誰だってこの人からは、サンタクロースを連想するわ。大きな団子鼻とまっ白の頬と顎の髭。……退職後、昨年の冬から伸ばし始めたけれど、まったくサンタクロースそのままじゃないですか。

「へェー」と仙太は心底驚いたようだった。「女のカンって鋭いんだなあ」

この人は、よくこんな正直で純粋で、世の中を渡ってこれたものだとまり江は驚かされてしまうことがある。人を疑うことを知らない。だからこそ自分は仙太のことを好きでいられるのだと思う。

「そのとおりだ。今夜、わしはサンタクロースの扮装で、子供たちにプレゼントを渡す役だそうだ。わしのイメージって、そんなにぴったりなのかなあ」

まり江は納得した。この人は、頼まれたら、絶対に厭といえない人なのだ。まり江は微笑した。そうね、それに私たちは子供にも恵まれなかったし。この人は、子供が欲しいなぞと一言も言わなかったけれど、この人が、子供好きだということは、とてもよくわかる。だから、それだけは、この人に申しわけなかったと思うし。

「いってらっしゃい。いいことだと思います。子供たちが喜んでくれるなんて、そんなに素晴らしいことはないわ。

私のことは気にしないで。他の日は、毎日会えるんだから」

「そ……そうか。お礼も二万円出るそうだ。それで、まり江に何かクリスマス・プレゼントを探してみるつもりでいる。

何がいい……？」

「ありがとう」とまり江は答え、それから首をひねった。「何がいいって……欲しいものは……思いつきません。

そうねぇ。身体がなおったら、あなたと、ゆっくり旅行がしたいわ。まだ行ったことのない場所に……飛行機に乗って」

「そりゃもちろんだ。……元気になったら、二人で……色んなところへ行こう」

やぶ蛇だったなァ……と仙太は思う。答えながら仙太は胸が締めつけられる思いだった。

多分、そんな時は永遠に巡ってこないはずだ。まり江の生命の期限まで永くはないとわかっていたが、仙太は、まり江にそのことを気付かれるのを怖れていた。

だが、まり江が、自分の病状について正確に把握しているということを、仙太は気がついている。

まり江の書類入れを彼女に頼まれて、証書を探したときのことだった。

その書類入れの中で、仙太は、まり江の自署のあるリビング・ウィルの宣言書を見つけた。リビング・ウィルというのは、生きている本人のための遺言書という意味だ。延命措置を拒み、人としての尊厳を保った死を望むという要旨だった。

話には聞いていたが、書類として、そのようなものを現実に眼にするのは、仙太にとって初めてのことだった。日付は、二回目の手術から一ケ月経過した日時が記されていた。

仙太は、どのような状態となったまり江であろうと生き続けて貰いたいと望んでいた。どんなに苦しがっても、意識を失くしても、まり江をなくすのは厭だと思っていた。それにまり江にしても、自分と別れて死を選ぶことはないと思っていた。その別離の原因が、人の手ではどうすることもできない不治の病であっても。

そのまり江が、リビング・ウィルの宣言書にサインをしている。

ショックだった。

仙太は、その宣言書をそっと元の位置にもどした。なにも気がつかないふりをして。

どの程度、病状が進んだら、まり江はそのことを自分に話すのだろう……そのことが、仙太にはいつも気になっている。

「あなたと旅行がしたいわ。治ったら、まだ行ったことのない場所へ……」

ひょっとしたら……と思う。半分は、本心かもしれない。しかし、残りの半分のまり江の気持は、自分に対しての思いやりではないのか。まり江自身、まだ病気の本質に気がつかないでいると仙太に思わせるための。

しかし、それだけ自分の死を確実に認識しているということは、仙太には、わかっている。仙太は思う。心底、生きる希望を持ってもらいたい。最後まで病気と闘ってもらいたいと。自分とまり江……二人のために。

だが、今、それを口にすることはできない。

「そうだな。旅行はいいな。

のんびりした、何も考えない、ポカーンとした旅行だ。だが、わしの方こそ、迷惑をかけそうな気がする。

腰だよ。腰がねぇ」

話題を変えたかった。

それに仙太自身だってそうだ。駐車場勤めになって腰痛が始まった。年齢的なものなのか、それとも労働条件のせいか。

「寒いと、もうテキメンだよ」

「そうですか。もう二人とも、若くはないんですものねぇ。でも、とすれば、あなたの腰は天気予報なみなんですね」

ほら、とまり江はベッドから指を出して窓の外を示した。

一瞬、何か赤いものが、窓の端から消えたような気が仙太にはした。眼を凝らしたときは何も見えなかった。眼の錯覚だったのかもしれない。

「ね、雪が。さっきまで、降っていなかったのに」

得意そうにまり江が笑っていた。

窓の外では、小雪が……無数の小雪がくるくると舞っていた。曇りかけた窓ガラスを通してそれが仙太にもわかった。

「今日は、外は寒いわ。気をつけて下さい」

「ああ、わかった」

仙太は、まり江の手を握った。

しばらくの後、仙太は、病院を出た。数刻の間に、世間は銀世界だった。風はなかったが、気温は急速に低下していた。仙太は、コートの衿を立て、無意識に腰のあたりを右手で叩いた。

「さて」

そう呟いたとき、視界の右はしを、赤いものが、スッと走った。

「おや」

その赤いものが通ったあたりに、衰えかけた視覚を集中させた。だが、何もない。白い細《ささめ》雪《ゆき》が黒い大地をみるみる覆っているだけだ。

「二度目だな」

仙太は、悪い予感を持った。このような、幻覚が視界を走るというのは、あまり身体にとってはいいことではないと聞いたことがある。それも、短時間に二度も続けて。

だが、それも考えこむほどのこともなかった。心の底では、いつ頃からか、自分も、まり江を送る迄の生命であればいいと考えるようになっている。そこで、共に人生を終えることができるのなら、自分の人生は、なかなかのものだったのかもしれないとさえ思い始めている。おだやかで、力まずに、何とか気持よく生きてきたのだし。自分もまり江も。

仙太は、バスで指定された施設へと向かった。まり江が、気軽にそのアルバイトを認めてくれたことが嬉しかった。その分、随分、仙太の気持は楽になっている。

バスの同乗者たちは、年齢の区別なく、ケーキが入っているらしい紙箱を抱いている。仙太は、その人々にメリークリスマスと呼びかけてやりたい衝動をふと覚えた。何せ、自分は、サンタクロースを演じる男なのだから。

ちょっと、自分の心がはしゃいでいることに仙太は驚いてもいた。いったい、どういうことなのだろう。

まり江が、快く自分を送りだしてくれたから？

いや、それだけではないはずだ。なんなのだろう。この気持は。

そして、思いあたった。

子供たちだ。施設の……めぐみ愛童園の子供たちに会えるからではないのか。まだ顔も知らない子供たちだが、きっとサンタの登場を心待ちにして、小さな胸を期待で膨らませているはずだ。どんなに喜ぶことだろうか。それが、楽しみでたまらずにいる。だから自分は、はしゃいだ気持になっているのだ。

そう、分析した。

そして、その期待は、自分とまり江の間に子供が恵まれず、子供と接する喜びを知らずに過ごしてきたため過大に膨れあがっているのかもしれない。

バスを降りると、街灯は少なかった。

めぐみ愛童園は郊外にある。六時近く、あたりは、すでに闇に包まれている。バスに乗るときの細雪が、いまでは、花びらのような大きさのボタン雪に変わっている。あまり、車の通りもないようだった。

あたりは恐ろしいほどに鎮《しず》まりかえっている。雪が、しんしんと降るという表現を仙太は実感していた。

ほどなく、辺《あた》りは一面の銀世界に変わるはずだ。帰りにバスはあるだろうかと、心配になった。バスはあっても雪のために通行不能になることはないのだろうか。

吉田のメモどおりに、めぐみ愛童園の立看板がライトに照らされていた。そこから五十メートルの距離であることがわかる。

「これで、三回目だ」

仙太は呟いた。たしかに、めぐみ愛童園の看板の上に何かが乗っている気がした。赤くて白いもの。だが、あわてて振り返ったときはその何かはこれまでと同じように消えていた。

施設は小ぢんまりとした鉄筋の三階建だった。地価の安い場所を選んだのだろう。玉石を敷いた通りから入る通路の両脇に、やや狭いかなという感じの農園が広がっていることが、暗くても仙太にはわかった。

玄関の中央にリースが飾られていた。園内にジングルベルのメロディが流れていた。さて、事務室に顔を出してくれと言っていたな。どこに事務室はあるのだろう。このまま土足で上がっていいものか。

仙太が玄関で、少し考えこんだとき、ダダダッと右手の方から足音がした。誰かが、階段を駆け降りてくる。

二人の少年が突然、現れた。二人とも、猛スピードの追いかけっこの途中らしい。七歳前後に見えた。二人は仙太の存在に気がつき急停止しようとしたが勢いがつきすぎて、仙太の前を数メートル「あれれれっ」と言って通り過ぎた。

　追われていた方の少年は、この季節というのに、半ズボンにTシャツの半袖だった。眼にマスクをつけ、鉢巻きをした緑のカメが、刀をかまえた漫画が描かれていた。ただし、何日も着替えた形跡がなく、黒っぽくなっていた。追っていた少年も上下の紺のジャージという恰好だった。

　二人は、つんのめるように止まった。

「こんばんは」

　仙太は、笑顔を浮かべて二人の少年に言った。少年たちは挨拶を返してはこなかった。ただ、二人とも胡散《うさん》臭そうにじっと仙太の頭の先から、足もとまでを値踏みしていた。

　それからカメのTシャツの少年が言った。

「おい、こいつが、今年はサンタに化けるんじゃないのか」

　ジャージの少年が、ああ、ああと相槌《あいづち》を打った。

　もう一度、仙太は微笑を浮かべ、片手をあげた。だが、二人の少年にとって、そんなことは、おかまいなしなのだ。

　Tシャツの少年は、まるで何か薄汚いものを見るような視線を投げつけていた。

「きっと、そうだ。大人も飽きねえよな。毎年、毎年。こっちは偽物とわかってるのになぁ。シラケないふりをするんで疲れちゃうよなあ。どうせ、はした金で傭《やと》われたんだろうさ」

　仙太は、肩をすくめた。少々驚いただけだ。まさか、このような七、八歳の子供の口からそんな言葉が吐きだされるなんて予想もしなかっただけのことだ。きっと、この子たちの本心なぞではないはずだ。楽しみにしていない子供たちなんか、いるはずがない。きっと悲しい育ちかたをしたんで、気持の表しかたが、うまくないだけなのだ。

「ぼくは、サンタなんか、大っ嫌いなんだぜ。サンタなんか、いるはずないものな。行こう行こう」

二人の少年は、そのまま、けたたましく階段を駆け昇っていってしまった。仙太が事務室の位置を尋ねる暇も与えずに。

仕方なく靴を脱ぎ仙太は上がった。それからカンを頼りに、右へ曲がって直進した。明かりが漏れている。人の声が聞こえる。そこが多分、事務室だという確信をもった。ノックしようとしたとき、内部の会話が仙太の耳に聞こえた。

「わりと、サンタのイメージに似たのが見つかったよ」吉田の声だ。彼が、仙太に駐車場で頼みこんだのだ。

「でも、子供たちに、それほど喜ばれるかどうか。子供たちが待っているのはプレゼントの方ですからね。

来年からは、スーパーヒーローのサンタとかの方がいいんじゃないですか？　キャプテン・パープルとか」

若い声が、そう答えた。

「まぁ、毎年の行事なんだし」と吉田。

「でもマンネリですよ。本当に子供たちが喜ぶものを企画するべきだと思いますよ」と若い男。

そうか、そのような受けとられ方の存在なのか。自分が演じるサンタクロースというのは。子供たちにしても、若い職員にしても。一瞬だが、このまま踵《きびす》を返して、まり江のもとへ駆け去ってしまった方が楽だという思いがあった。

だが、結局、そうはしなかった。

一つ、大きな咳ばらいが、出た。

事務室の会話が途絶えた。それから、仙太は自分の頬がこわ張ったものになっていないか確認し、ゆっくりと事務室へと入っていった。

「ごめんください」

吉田と、若い男が、机に並び座っていた。他の机は、誰もいない。会場の方にでも行って準備をしているところなのだろうか。

二人は、驚いたような、バツの悪そうな表情を浮かべていた。

「すみません。遅くなったでしょうか」

吉田が、立ち上り、大きく首を振って、いえいえと言い、仙太に礼を述べた。

「食事を終えて、子供たちは、今からゲームを始めるところです。丁度いいくらいだと思いますよ」

「そうですか。よかった。お役に立てればいいのですが」

「もちろんです。子供たちは大喜びするに決まってますよ。石原くん、あれは？」

石原というのが若い男の名前らしかった。

「は、はい」と立ち上り、大きな紙バッグを持ち出し、仙太に手渡した。「この中に、サンタの衣裳が、一式入っています」

仙太は、その紙バッグを受取った。

「髭も一緒に入っていますが、お付けになる必要はないでしょう。立派なものを持っておられますからね」

吉田は、そう言った。

「更衣室を準備しましたので、そこで着替えてください。彼が案内します」

「わかりました」

「登場して頂くのは、着替えられたら、ほどなくということになると思います」

石原が、案内して事務室を出た。

仙太は、石原に言った。

「子供たちと、さっき会ったのですが、あまり歓迎されませんでしたよ。それに、私のこと、サンタの役だと見破ってしまった」

その少年の外観を石原は尋ね、それは洋亮という少年だろうと告げた。

「彼は、知ってますよ。サンタなんて現実にはいないことを。それまでのサンタ役というのは、洋亮のアル中の父親でした。母親をいつも殴っていたそうです。両親は別れ、その後母親は、再婚しました。結果的に、母親が洋亮を手もとに置けない状況になり、こちらで世話をしています。月一度しか、彼は親と会えない。

サンタのイメージは彼にとってアル中の父親のイメージなのですよ」

「そうですか」

溜息をつきたい気分だった。表面上は歓迎されたものの、本音の部分では、この石原という職員にも、洋亮という少年にとっても、仙太は行事をこなすための道具にすぎない存在らしい。

やはり、まり江と過ごしておくべきだった。誰も、自分のサンタを期待してはいないんだ。今は、腰痛を意識してさする。

「ここで、着替えてください。私たちは、三階の会場に一足先に行っていますので」

「わかりました」

薄暗い更衣室で、室内灯のスイッチを探したが、見当らない。仕方なく、ドアを薄く開き、廊下の明かりを頼りに紙バッグを開いた。

うすっぺらい布地の赤いサンタの服があった。長靴は、紙製だった。そのすべてを身につけると、相当うらぶれた姿のサンタができあがりそうな予感がした。もう何年も、この施設で使いまわしているような備品の一つなのだろう。

寒いだろうな。今度は仙太は本当に溜息をついた。

そのとき、また、あの赤い幻視を見た。赤いものは、すっと視界をよぎった。そして、また見えなくなった。

「あ、それは、まちがいです」

廊下から声がした。仙太は顔をあげた。

入口から包みが差しだされた。影しか見えない。「それではありません。こちらを使ってください」

差し出されるままに仙太は、その包みを受けとり、開いた。

さきほどの、サンタの衣裳とは較べものにならない。厚地のしかも鮮やかな真紅の服が入っていた。

ベルトも太目の使いこんだ革製だ。長靴だってそうだ。

「これは、立派ですねぇ」

仙太は言ったが、すでに影は消えていた。仙太としては狐につままれた気分だ。

仙太が、その服を着替えて驚いた。自分の身体のサイズに、ぴったりなのだ。それからもう一つ。

「腰が痛くない！」

思わず仙太は叫んだ。背筋がぴんと伸びきったような気がする。

身体さえ軽くなったような気がした。

いったい、どうしたというのだ。何だか、スキップを踏んで走れるような気がするぞ。

このスタイルで登場すれば、子供たちも、必ず喜んでくれるはずだ。そう確信できる。

仙太は廊下に出た。

ガラス窓に映った自分の姿を見た。こりゃまた、なんと立派なサンタクロースだ。これまで見たサンタの絵や映画なぞ、問題にならないくらいの千両役者ぶりだ。

ガラス窓の前で、もう一回くるりと身体をまわしてみたときだった。

遠くから、何かが近付いて来る音が聞こえる。仙太は耳をすませた。

シャン・シャン・シャン・シャン・シャン
シャン・シャン・シャン・シャン・シャン
鈴の音だ。

確かに近付いてくる。

それは、廊下の彼方に姿を現した。

ソリだ。

それも数頭のトナカイに引かれて。

仙太はトナカイを見ることなぞ、生まれて初めてのことだ。

何と大がかりな仕掛けなのだろう。このソリでクリスマス・パーティに登場しろということなのか。

一番前の赤い鼻を持ったトナカイが、光を消した。ソリは仙太の前で停止した。

仙太は、何の疑問も持たずにソリに乗りこんだ。

さて、このソリを操縦できるだろうか？

先頭のトナカイの鼻が、赤い光を放った。突然にソリは走り出した。

「うわっ」

思わず、仙太は加速によってソリの座席に押しつけられた。

ソリは直進した。前には廊下の壁があった。

「わぁっ。ぶつかる。あ・あ・あ・あ・あ」

前面の壁に急接近したとき、思わず仙太は眼を閉じた。

だが、何の衝撃もなかった。

恐る恐る眼を開いた。そこは、空中だった。仙太は、驚きに眼を剝《む》いた。宙に舞い上がっているのだ。ということは、ソリは壁抜けをやらかしたということになる。

徐々に恐怖感が消えると、何ともいえず痛快な気持になり、笑い声が出るようになった。

こんな体験は初めてだ。

ソリの後部には、大きな布袋があった。中から、きれいにラッピングされた箱が、いくつも見える。

このソリは、本物のサンタクロースのソリなのだ。

雪の中を飛んでも、どんな風圧を受けても何ともない。ソリ全体が、不思議な力場に包まれている。

仙太は足もとに落ちている手綱《たづな》に気がついた。手綱を引く。スピードが落ちる、右に強く。右に曲がる。やぁ、うまくコントロールできるではないか。

下界を見下ろす余裕さえ出てきていた。一面の銀世界が広がっていた。とても現実の世界とは思えない。慣れると、地上の街並みさえわかるようになってくる。

仙太は、はっと思いだした。

そうだ、今、めぐみ愛童園の子供たちのために仕度をしていたところだった。皆、待っているはずだ。

急がなくては。

急速に降下を続け、ソリは、めぐみ愛童園へと接近していった。

会場は三階だと言ってたっけ。

もう、パーティもたけなわのはずだ。影が見えた。いくつもの影が、めぐみ愛童園の三階の窓際に集まっている。

影たちは、驚き、仙太を見ている。窓は開けはなたれていた。歓声さえ、聞こえていた。

子供たちは、待っている。期待している。仙太は実感した。

手綱を絞ると、ソリは、めぐみ愛童園三階に横付けになった。

歓声が絶頂となった。

「さあ、さぁ。サンタのおじさんのお出ましだよ。いい子たちばっかりみたいだねぇ」

仙太は、袋を置き、両手を広げて子供たちに言った。

子供たちは、誰も注意をそらさなかった。眼を輝かせ、中には興奮で身体を震わせている子さえいた。

これまでの生涯で、こんなに人々に喜ばれ迎えられたことがあったろうか。そうだ、サンタクロースになりきるんだ。

仙太は袋の中の紙箱を惜し気もなく子供たちに分け与えた。

眼の前に、あの、洋亮という少年が立っていた。少々バツの悪そうな顔をしていたが、他の少年たちと同じように眼を輝かせていた。

「ぼく、本当のサンタのおじさんって思えなかったんだ。でも……サンタクロースって本当にいたんだね。ごめんなさい」

プレゼントを洋亮にわたし、仙太は頭を撫ぜた。

「ああ。洋亮くん。信じることも、すごく大事なことだよ」

「ぼくの名前、知ってるの？　スゲエ」

洋亮は、声を弾ませた。

仙太は、満足だった。すべての子供たちが自分の子や孫に見えてしまうのだ。何の怖れや疑いもなく、純粋に自分を受け入れてくれる。

吉田と石原は、その情景をぽかんと見つめていたが、やがて、二人は仙太のところへ近付いてきた。

吉田が言った。

「あなたは、ただの駐車場の管理人と思っていたけど、本当は……サンタクロースだったのですね」

何と答えたものか、仙太は戸惑ってしまった。

「ぼく、こんな素晴らしいクリスマスを迎えたのは初めてですよ。ぼくのところへは本当のサンタは一度も来てくれなかった。

ホント素晴らしいですよ」

石原は、涙さえ浮かべていた。

仙太は、最後までサンタの役を演じきった。ソリに乗りこんで出発する仙太を施設の全員が手を振って見送ってくれた。

かつてない充実感と満足感を仙太は感じていた。

さて、これから、どうしたものだろう。

しかし……。

そうだ。これは奇蹟なのだ。奇蹟であれば利用しない手はない。許されるはずだ。

その思いつきを、仙太はすぐに実行した。

病院の個室の窓を、外からトントンと叩いた。まり江は、ひとりで、物思いに耽《ふけ》っているようだ。

「まり江。まり江」

ソリの中から、仙太は呼びかけた。

まり江は、窓を振り向いた。それから小さな叫び声をあげ、何度も、何度も首を振った。

「あなた。あなたね」

「ああ。まだ起きてたね」

まり江は、何故仙太が窓の外から覗きこんでいるのか信じられずにいる。その部屋は、病院の七階にあるのだから。

「あなた、生きてるの?」

思わず、仙太は吹きだしそうになった。たぶん、まり江は仙太が、霊の状態となって、別れを告げに親しい者のところへ現れるという怪談を連想しているのだ。

「まり江、仕事をすませてきた。うまく説明できないのだけれど、少し不思議なことが次々と起こった」

「これも、充分、不思議なことですわ」

ああ。と、仙太は頷《うなず》いた。たしかにまり江の言うとおりだ。

「それで、これは、ある種の奇蹟と思うのだけれど、……さっき言ってたクリスマスと、結婚記念日の両方のプレゼントをやろうと思う」

　そこで、仙太は、間を置いた。

「わしを信じるか？」

「もちろん、信じます」即座にまり江は答えた。

「じゃあ、まり江、これは飛行機じゃないけれど……空中散歩をしようと思う。私の横に乗りなさい。小さな旅に連れていってあげる」

「まぁ」とまり江は素直に眼を輝かせた。

「でも、病院から抜け出して何も言われませんか？」

「そんなことはいい。今日は記念日なんだ。特別な日なのだから」

　そう言うと、仙太は窓を開き、病室へと飛び移った。自分でも驚くほど身が軽くなっている。仙太はベッドの上から、こわれものを扱うようにまり江を抱き上げ、そっとソリに乗せた。

「寒くないわ」

驚いたように、まり江がソリの上で言った。そうだろうとでも言いたげに、仙太はまり江にウインクした。

「さあ、行くよ」

はあっ！　と声をかけ、仙太は手綱を打った。トナカイに引かれ、ソリは、一直線に天空へと上昇した。

まり江は、きゃあと歓声をあげた。顔を火照《ほて》らせていた。素直に状況を信じている。

ソリが水平飛行に移ったとき、まり江は身を起こしていた。

「身体の調子がいいわ。痛みも、熱も……そして全身のだるさも感じない。

ひょっとしたら……病気が……治ったんじゃないかしら」

まさか……仙太は、思った。信じられない。まり江の不治の病が治るなんて。しかし、ありえないことではない。自分だって、あんなに苦しんでいた腰痛が瞬時に治癒したではないか。それも、この奇蹟の一環かもしれない。

下界は光が、無数に点滅している。

「素晴らしいわ。こんな記念日は、初めて。最高のプレゼントだわ。あなた。ありがとうございます」

まり江は手綱を持つ仙太の手の上に、自分の手を置いた。仙太は、自分の頬が、照れて火照っていることに気がついていた。

「これは何かしら」

ソリ座席の前面の卓に無数の光点が輝いていた。青い光。黄色い光。緑の光。

「どうもね。わしは、本物のサンタクロースになっちまったみたいなんだ」

「へェー。やっぱり」まり江にとって、これ以上驚くことは、何もないようだった。

「で、そのパネルの光点は、子供の所在をドット・マップで示しているらしい。それで、青い光が、サンタの存在を信じている子供の家庭。黄色い光が、サンタがいればいいのにと思っている子。赤い光が……——」

それは、まちがいないところだと、仙太は考えていた。めぐみ愛童園から、まり江の病院へとむかう間に、その働きを考えていた。

「あなた、ひょっとして後ろの袋には、子供たちへのプレゼントが入っているんじゃありませんか」

「あ……——ああ、そうなんだ。どれだけプレゼントの箱を渡しても次々に内部で新たに生産されているようだ。不思議な袋だ」

まり江は、あわてたような顔になった。額に手をあてて、口を開いた。

「じゃあ、こんな空中散歩をしている暇は、ないじゃありませんか。子供たちは、皆、あなたのプレゼントを心待ちにしているんじゃないですか？　私も手伝いますから、配りましょうよ」

「そ、そうだな」

仙太は、手綱を引いた。ソリは、急速に下降を始めた。まり江が隣の席で、プレゼントの準備を始めたときだった。

ソリは、突然に制御《せいぎょ》不能の状態に陥った。手綱をどんなに引こうが、トナカイたちは、ある地上の一点にむかって暴走を続けるのだ。さきほどまで、さまざまな光のドットが点滅していた画面は、まっ赤に点滅している。

それは、吸い寄せられているというのが正しい。まり江は、仙太にしがみついていた。仙太ができることといえばまり江を抱きしめてやるしかない。

加速による重圧が、急激に去っていった。地上に戻ったのだ。

ソリが停止したとき、眼の前に仙太と同じ……いや、そっくりの男が立っていた。

男は、ぽかんとしている仙太とまり江に、ぱちぱちぱちぱちと手を叩き、そして言った。

「おめでとう。合格ですよ。仙太さん」

「あなたは——」

男はニッコリと笑った。それが誰かは、すぐにもわかる。そして、その日の夕刻から、何度も視界をよぎった赤いものの正体も知った。あれは、仙太の幻覚や眼の迷いといったものではなかったのだ。

「合格って⁉」

「ええ、合格ですよ。あなたもサンタになる資格を得ることができました」

そのとき知った。仙太の着ている真紅の服も、赤鼻のトナカイも、ソリも、すべてが、その人物の所有物のはずだと。

「わしが、サンタになる資格があるって？」

「ええ、ずっと私は、あなたの行動も心も見させて頂きました。

子供たちも大人も、あなたを見て純粋さというものを取り戻すことができた。見たでしょう。子供たちの眼の輝きを……。

サンタクロース資格試験に合格したんです。仙太さんもサンタになりませんか？　サンタクロースというのは今では名前じゃないんです。職名なんです。

今、世界は人口が増えすぎている。サンタも人手が足りないのです。

どうです。やりませんか」

仙太とまり江は顔を見あわせた。それから即座に「やらせてください」

返事をした。

「それはよかった。仙太さんは日本人として初めてのサンタクロースになります」

「日本人として？」

「ええ、アフリカ人のサンタ、インド人のサンタ、中国人のサンタ、いろいろいます。でも日本人のサンタは初めてです」

「でも」ちょっと困ったように仙太は言った。「十二月二十四日というのは、まり江との結婚記念日にあたるんです。これからのクリスマス・イヴは、まり江と一緒に過ごせなくなる」

まり江は微笑して仙太に言った。

「そんなことはないわ。私も一緒にソリに乗って手伝ってあげる。かまいませんか？」

まり江に、試験官の男は、頷いてみせた。

その後、クリスマスにときおり目撃されるサンタクロースのカップルというのは、仙太とまり江のことなのだ。二人は子供にめぐまれなかった。

だが、今。二人は世界に何億人という子供たちを持っている。

ヴェールマンの末裔たち

「何故、俺はここへ来ちまったんだろう」

エレベーターを降り、フロアに立った飛田栄輔《ひだえいすけ》は、そう呟いた。

（ほんとうは、こんなところへ顔を出している余裕なぞ、ないはずなんだ）心の中で、そう続けていた。

腕時計は午後九時を少しまわっていた。栄輔は今まで金策に走りまわっていたのだ。

飛田栄輔は従業員六名の小さな町工場を経営している。受註の急速な減少傾向が、徐々に資金繰りに影響を与えはじめていた。給料の遅配が、すでに数ケ月続いている。頼める仕入先には、支払いを延ばしてもらっていた。しかも、三ケ月前に発行した手形の支払いが五日後に迫っているというのに金策の目処がたたずにいる。電車の停留所の薄明かりの下でポケットをまさぐったときにでてきた紙片。

それがクラス会の案内状だった。

それまで目を通す余裕もなかったのだが、偶然にも、会場は、その電停から一分もかからないビルだった。「今日だ」時間こそ、六時開始と記されていたが、まだ宴は続いているはずだった。小学六年生のクラス会。もう二十六年も昔のことになる。

自然と足が向いてしまった。考えることに疲れてしまっていたのかもしれない。

会場は、ボーイたちが雑談をかわしながら食器をテーブルから片付けはじめていた。クラス会はお開きになっていたのだ。

「八時四十分頃、万歳で解散されました。二次会をやろうと話しておられましたが……。さぁ。会場をどこに移されたかは、聞いておりません」

ボーイの一人が飛田に、そう答えた。縁がなかったのか。そう思って踵《きびす》を返したとき、背中に声がかかった。

「栄ちゃん。栄ちゃんだろう」

飛田は振りかえり、金縁のメガネをとりだし鼻にかけた。奥の隅の椅子から、大男が立ちあがり飛田に手を振った。

「あっ、しっちゃん。しっちゃんか」

飛田は、そう叫び返したが、姓が思いだせなかった。天然パーマのインディアンを連想させる風貌の大男は、確かに飛田の小学時代の同級生なのだ。図工が得意で、マンガを皆に描いてくれる人気者だった。しかし、無口な性格だったはずだ。大股で大男は歩み寄った。

「ぼくも、今きたばかりでさ。もう終わってるんだよ。がっかりして、むこうで座ってたの」

「久しぶりだな。いま、しっちゃんどうしてるの」

しっちゃんという大男は、名刺をさしだした。《乾志《いぬいし》津雄《づお》／ＰＯＰ・ＰＲＯ》

大きな手の中の薄汚れた小さな名刺がアンバランスだった。

「POP・PROって何だい」

「特殊撮影のプロダクションさ。でも、二ケ月前にそこ辞めちゃって、今、ぶらぶらしてるの。今日も、ここへ来るまで、すごく迷ったんだぜ。だけど二十数年ぶりだからなぁ」

そのとき、再びエレベーターが開き、痩せた黒縁眼鏡の男が駆けだしてきた。飛田と乾に気がつき、「あ!」と言った。

「クラス会、もう始まりましたか。十分ほど、遅刻したみたいだ」

飛田と乾は声をあわせて言った。

「ガリビー。クラス委員長のガリビー」

「栄ちゃんとしっちゃん。なつかしいなぁ。まだ、これだけしか集まってないのか」

「いや、もう終わったらしいんだ」

飛田がそう言うと、ガリビーは呆れたような顔になった。

「そんなばかなことが。まだ、九時十分をまわったばかりだ。九時開始だろう、確か、うん、ぼくの記憶ちがいでなければ。案内状を見ればわかる。少し待ってよ。あっ、しまった、六時開始になってる。まちがってたんだ」

素頓狂な声だった。風体からして、ガリビーはアンバランスなのだ。長髪の端正な顔だが、よれよれのネクタイと段違いにはめたボタンに多分気がついていないワイシャツ、ジーパンに足袋をはいて下駄。飛田も乾も忘れるはずがなかった。学年で一番の成績だった。楓原敏吾《かえではらびんご》といったはずだ。

誰が言いだすでなく、三人はエレベーター近くの椅子に腰をおろした。

「三名だけでも、何とかクラス会の恰好はついたよな」

大男のしっちゃんが苦笑いしながらそういった。

「それに、クラス委員長まで揃ったんだから。ねぇ、ガリビー」

ガリビーは頭をかいた。

「ガリビーは、今、何をしてるのさ」

「大学の研究室にいる。まだ独身だ。時間軸圧縮理論の具体的応用展開についてやってるんだ……」

「ふうん。ガリビーは昔から頭よかったからなぁ」

栄ちゃんは感心しながら鼻眼鏡をずりあげていた。

「で、栄ちゃんは？　額がだいぶ広くなってるじゃないか。白いものもかなり増えたみたいだし」

「あ。あ……。俺は飛田鉄工所って……町工場をやってるの。景気よくなくてね」

「でも結婚してるんでしょ。子供は何人？」

ガリビーが俗っぽく質問した。

「子供は二人。でも二ケ月まえから、家内、実家に帰ったんだ。仕入先から、支払いをうるさく言ってくるんでノイローゼおこしちゃって」

「ふうん。栄ちゃんも金に困ってるのか。ぼくもさ……」

溜息でもつきたそうに、大男のしっちゃんも肩を落した。

「さっき、POP・PROに勤めてたって言ったろう。あそこは特撮映画の特殊効果部門を受けもつところなんだ。ぼくは、そこのモデル・アニメをやってたんだ」

「モデル・アニメ⁉」

「そう。怪獣をぬいぐるみでやらずに、齣《こま》撮りで人形を撮影していって画面を実写と最終的に合成する。ぬいぐるみでは、どうしても動きが人間のそれの枠を超えることができないんだ。ところがモデル・アニメではアニメーターの思いどおりに静物を動かす。生命を吹きこむことができる。そこにぼくは惚れこんで、仕事をやってきた。……でも、最近は、われわれ職人は不必要になってきたんだ。低予算で短期の製作日数であれば、怪物はぬいぐるみ。大作であれば電子制御のロボットで怪物を操作しちまうんだからな。つまり、モデル・アニメなんて手間のかかる原始的技術を必要としなくなった……というわけさ。オブライエンが撮った『キングコング』みたいな名作は、もう望むべくもないんだろうな」

「ふうん」

狐につままれた表情で、栄ちゃんは眼鏡をずりあげた。多分、あまりしっちゃんの話が理解できなかったのかもしれない。

「自分で、金さえあれば……モデル・アニメの怪獣映画をとるんだ。ぼくだけの……手作りの怪獣映画を……。オブライエンを超える。特撮映画史に残るような作品を」

しっちゃんの手は、ぶるぶると震えていた。「金さえ、都合できれば……」落涙した。

「POP・PROの、ぼくを馬鹿にした連中を見返してやる……」

それまで、口を閉じていたガリビーが、おずおずと顔をあげた。

「金って、本当に必要なところへは集まってこないものなんだな。ぼくだって同じさ」

栄ちゃんとしっちゃんは意外そうな顔をガリビーにむけた。

「だって、ガリビーは独身だし、研究所にいるんだろ。何も不自由なことはないはずだろう」

ガリビーはせつなそうに眉をひそめ、首をふった。

「研究室に……いたんだ。正確にいうと、より正確を期すと、いま、独身になっちまった。ぼく、婿養子に行ったんだ。舅《しゅうと》……つまり家内の父がやはり学者で、ぼくたちの生活費まで見てくれてたんだ。ところが、ぼくの研究が気にいらなかったらしい。それまでの学問体系を完全に無視したからかもしれない。結果的に親父の理論にそむくような展開になりはじめた。こんなことまで言われたんだ。『おまえはマッド・サイエンティストだ。異端としかいいようがない』学問をとるか生活をとるか選択を迫られて、ぼくは研究をとった。結果的に、研究室を放りだされ、籍を抜かれてしまった。いま、無一文さ。しかし、ほぼ、研究は完成した。実験装置まではちゃんと作りあげたからね。しかし、生活するには金が必要だ。どうやってこれから食べていけばいいのか。世間知らずのぼくには見当もつかずにいる」

三人とも同時に溜息をつき、頭を抱えた。周囲の空気が、ねっとりと重くのしかかってくるようだった。

「金かぁ」と一人が呟き、「あー」と二人が溜息で答えた。

しばらく三人は沈黙を続けた。それから〝栄ちゃん〟という中年の小男が立ちあがり、無意識に背中を伸ばしながら言った。

「さっ。帰ろう。帰ろう。こんなところで、こんなことしてる暇はもうないんだ。子供の頃の夢は、これでおしまい。現実に戻って、金の都合をつけに走りまわることにするよ」

〝しっちゃん〟と〝ガリビー〟と呼ばれた中年男も「そうだな」とか「よっこらしょ」とか漏らしながら、しぶしぶ立ち上った。

「でもね」〝ガリビー〟の楓原敏吾が頭を掻きながら、申しわけなさそうに言った。

「今日は、どんな連中が集まったんだろう。盛会だったのかなぁ」

「知らない」

「知らない」

「ヤッちん来たかなぁ。あいつと、いつもけんかしてたけれど、サチコとかね。しっちゃんは、いつも意地悪されてたろう」

じっちゃんが、うーんと呻《うめ》くと、再び腰をおろした。

「サチコねぇ。どんな子だったかなぁ。ぼく、あの子は覚えてる。ほら、目のくりっとした可愛い子がいたろう。ちょっとそばかすのあるさ」

「美紀ちゃん。うん、佐山……美紀っていったっけ。そうだろ」

「よく覚えてるな。栄ちゃん」

栄ちゃんもいつのまにか腰をおろし、ガリビーを見上げると、心なしか、頬がピンク色に染まっていた。

「あっ。ガリビー。何を顔、赤くしてるんだ。おまえ、美紀ちゃん好きだったのだな」

しっちゃんが、はやしたてるとガリビーも負けずに逆襲した。

「何言ってる。学校からディズニーの〝ピーターパン〟観に行ったとき、ウェンディが美紀ちゃんに似てると大騒ぎしたのはしっちゃんだったじゃないか。覚えてるぞ。ちゃんと覚えてる」

栄ちゃんは二人のやりとりがおかしくてたまらない様子でいるらしい。

「ふふ……結局、二人とも美紀ちゃんにあこがれていたわけね」

「何言ってるんだ。栄ちゃんこそ、佐山美紀って名前をスラリと言えるっての、おかしいんだぞ」

ガリビーがぎょろりと厚いレンズの奥で威圧して見せた。

「でも、やっぱり可愛かったものね」

栄ちゃんがぽろり落した言葉に三人の緊張が解けたようだった。

「ぼくね」しっちゃんが腕組みし、宙空《そら》を睨みながら言った。「モデル・アニメに興味を持ったのはね。ピーターパンのウェンディが好きになってね。アニメの本を探して読んでたの。そしたら、アニメのつくりかたって本にね、モデル・アニメについて紹介してあったの。それで、キングコングがモデル・アニメだってこと知ったんだ。ウェンディ観てなかったら、モデル・アニメーターになってなかったかもしれない。はずみなんだよね。世の中は、すべて……。でも可愛かったね。美紀ちゃんいま頃、誰かの人妻なんだろうなあ」

それで、しっちゃんが一人納得して、二回ほど、うなずいたときだった。三人の前のエレベーターが音もなく開いた。

エレベーター側を見ていたしっちゃんが、まず「あっ」と言ったまま絶句し、栄ちゃんとガリビーも思わず腰を浮かせた。

「美紀ちゃん」

明るいパープルのシックなワンピースを着た女が、そこに立っていた。肌には少女期ほどのみずみずしさは残されていなかったが、三人の脳裏ではオカッパ頭の瞳の大きな〝美少女〟がオーバー・ラップされていた。

「みなさんは……」と女は言い、それから口に手をあてたまま絶句し、「きゃあ……。おじさんになっちゃって」笑いこけてしまった。

「変わってない」と女を凝視したまま、しっちゃんが呟き、栄ちゃんとガリビーが顔を見合わせ、頷きあった。

「ごめんなさい。久しぶりでした。えーと……」

名前を憶いだせないでいるのだ。すかさず、ガリビーが立ちあがった。

「ぼく、楓原敏吾です。ガリ勉の敏吾でガリビーと呼ばれてた。それから栄ちゃんとしっちゃん。佐山美紀さんでしょう。憶えてますよ。すごくおとなしい人だったものね。美紀ちゃんは」

「ごめんなさい。名前がでてこなかったの。顔は、すぐ憶いだせたんだけど。……まだ、中でやってるんでしょう」

三人が同時に首を振った。「もう散会したようなんですよ。ぼくたちは、三人とも遅刻組なんです」栄ちゃんが、申しわけなさそうに付け加えた。

「まっ。キーコに遅れても必ず出席しますからと電話でいっておいたのに。何度も念を押したんですよ」佐山美紀は寂しそうに眉をひそめた。「病院に寄ってから必ず顔をだすって言ったのに……」涙を浮かべていた。

中年男たちは、あわてふためき佐山美紀の背後に椅子を運び「どうぞ」「どうぞ」「どうぞ」と勧めあった。

「御主人が病気なんですか」奇《く》しくも、その言葉は三人から同時に発されていた。

〝女〟に成熟した〝美紀ちゃん〟は観念したように腰をおろし、「子供が……」と言った。するとの濁《だ》みた中年男の声で「子供さんが……」と三つエコーした。うち一つの声は、ほぼ悲鳴に近いカン高いものだった。一人はずるりと椅子からずり落ちそうになった。もう一人は、「そ、そうだ。この年齢であれば子供が一人いても、けっして不自然でないのだ」と必死に自分に言いきかせていた。

佐山美紀は、ほとんど化粧を施していない顔をしていた。それが三人にかえって好ましく映っていた。昔どおりのそばかす。

「子供が入院しているもので……」

佐山美紀は、夫と別れた……というのだった。それから、小さなブティックを一人で切り回し、一人娘を育てている。夫は他に女を作ったらしく、失踪したまま消息が途絶えている……。自分は晩婚だったし……自立して生計をたてていたから、娘と二人っきりの暮らしは、そう苦にはならなかった。そう美紀は淡々と語った。今度は、さすがにこたえちゃった。そう愚痴った。一人娘が病気しちゃったんだもの。

誰がいいだすでもなく、四人は外に出た。再び、重苦しい雰囲気がのしかかりはじめたからだった。誰も、「二次会をやろう」と言いだすには不謹慎すぎるような気配を感じていた。

「私、また病院に寄って帰ります。すぐ、そこなんです」

一丁も離れていない建物の光が、美紀が指した病院だった。そこに美紀の娘が、病に伏せっているはずなのだ。本来であれば、それで解散してしかるべきなのだ。

ところが、しっちゃんは放心したように、言ったのだ。

「ぼく、美紀ちゃんの娘さんを見てみたいなあ。美紀ちゃんの娘さんを見舞いにいってはいけないかなぁ」

栄ちゃんとガリビーは必死でしっちゃんの服の袖を引っぱった。

「オイ。そりゃあ、非常識だぞ。今、何時だと思ってるんだ」

「かまいませんわ」

美紀の声が確かにそう響いた。信じられぬ様子で、栄ちゃんは美紀を凝視した。凝視しつつ様々な状況が意識の中で閃光していた。家で待ち伏せているかもしれない債権者たち。実家へ帰った妻へ何度も連絡をとる電話ボックス。絶対に受話器をとろうとしない妻。誰もいない部屋の中で煩悶《はんもん》している自分の姿。

「じゃ……」栄ちゃんも、しっちゃんと同じ瞳に変わっていた。「ぼくもついていくことにする。いいだろう」美紀が微笑を浮かべてうなずいていた。「しっちゃんと見舞いに行くよ。ガリビーはどうするの」

「じゃあ……ぼくも、残っても仕方ないもの」

ガリビーは照れ笑いを浮かべ、髪をはらってみせた。寂しがりやの瞳なのだった。

通用門を抜けて、エレベーターで二階へ上った。三人は美紀の後を、息をひそめて歩いた。無意識に三人は顔を見合わせて苦笑いをかえしあった。

病院の廊下を歩きながら、美紀がぽつり呟いた。

「お金が欲しいわ……」

他のどんな女性がいっても、いやらしさがまといついたかもしれない。しかし、美紀の言葉には物欲とは縁のない、生きるための切実さが伴っていた。

「この病院も、今月いっぱいで出なくてはいけないの。入院費も数ケ月溜っているし、治療法もこれといった決め手がないみたいだし」

「何の病気なの」そうガリビーが質問した。

「ううん。チャナ症候群といって珍しい風土病みたいなの。でも精神的な部分が大きいって。衰弱だけが徐々に進行していく病気。本人に全快しようという意欲が全然ないものだから……。やはり家庭環境に原因があるのかしら。私ひとりで育てたというのが」

それは愚痴のようなものだった。

「着いたわ」

美紀が先に病室に走り、三人は廊下で待機した。

「どうぞ。恵《めぐ》も、まだ起きてるみたい」

少女がベッドに横たわっていた。瞳の大きな少女だった。七歳くらいだろうか、寂しそうな笑顔を浮かべていた。

「ウェンディだ。この子、ウェンディにそっくりだと思わないか」

しっちゃんが栄ちゃんとガリビーに耳うちした。耳うちの声にしては興奮しきっていた。

「めぐ。ごめんなさい。さびしかったでしょう」

美紀がすまなそうに言うと、少女が大きくかぶりを振った。

「外の灯りを見てたの。灯りが退屈したら、ゲズラとゴゾンガとドンドロガンを見てたの。ゲズラたちに退屈したら眠るつもり」

「そう」と美紀は微笑した。栄ちゃんとガリビーは意味が不明でいる。棚に、三体の怪獣のぬいぐるみが並んでいた。

「あのことだ」しっちゃんが、棚をあごでしゃくってみせた。「怪獣の名前だよ。POP・PROでしばらく作っていた〈スーパー・パープル〉に登場する怪獣の名だ。デザインはぼくがやったからな」

蛙と竜がごっちゃになったみたいなもの、蚓《みみず》に手足をつけたようなもの、手足が異様に大きいテディ・ベアみたいなもの。「全部、ぬいぐるみで、人間が中に入る、そして演技する。人間の動きの枠を超えることができない」しっちゃんの目が据っていた。「一齣ずつ、ストップモーションで撮影しなければ、滑らかな自然な動きにならないんだ。ゲズラなんてデザインは、すごく愛着があったのに、滅茶苦茶な造型にしやがって。人間を中に入れるため、足を極端に長く変えやがってな」

そう吐き捨てるように言った。美紀が驚いたように「ゲズラを御存知なんですか。そちらのほうの仕事を……なすってるの」

「いや……〈スーパー・パープル〉には少し関係してたものだから。ＰＯＰ・ＰＲＯにいたもんで」

美紀はしっちゃんの言を最後まで待たずに恵のほうに振り返った。

「このおじさんたちね、〈スーパー・パープル〉を作ってたんだって」

恵の瞳に光輝が走ったように見えた。

「ほんとなの。ゲズラやゴゾンガを撮影してたの」

栄ちゃんは戸惑いつつ、うつむいてしまい、しっちゃんだけが、頭を掻きながら「まあね」と答えたにすぎなかった。

恵は、にわかに多弁になったようだった。

「ねぇ、ゲズラの好物って何なの。何を食べるの。歩くときはやはりすごい音をたてるの」

しっちゃんは「あ……」と絶句した。制作側はもちろんのこと、当然、視聴者側も〈スーパー・パープル〉などという特撮ヒーロー映画は虚構の産物であることを承知していると考えていたのだから。

ようなのだ。

恵という少女は、ゲズラという怪物が実在し、息をして、食事をとるものだと信じている

「ええっと……どうだったっけ」

しっちゃんは、助け舟を求めるように、美紀に視線を投げかけた。

「ごめんなさい。恵はゲズラが実在すると思ってるの」

「ママ。ゲズラはいるわよ。絶対に」

恵が、口を尖らせて美紀に反駁《はんばく》した。

「ごめんなさい。恵。ゲズラは元気よ、きっと。……でも」美紀は三人に振り返った。「こんなに恵が感情を表に出したことは最近なかったわ」

美紀はしっちゃんにウインクしてみせた。すると、調子に乗ったしっちゃんが、恵に言ったのだ。

「うん。最近、ゲズラは元気ないみたいだよ。恵ちゃんが病気したことを知ってるんじゃないかなぁ」

恵は大きく、かぶりを振った。

「そうじゃないわ。ゲズラと私は、みなが知らないところで心がつながっているの。だから、わかるのよ。ゲズラは最近テレビに出ないでしょう。きっとゲズラは病気なのよ。それで私も病気になったの」

——そんな馬鹿な。藪蛇だ。

しっちゃんは思わず、そう叫びそうになった。

「私にはわかるの。まちがいないわ」

廊下で、三人は美紀に別れを告げた。

「衰弱だけが進行してるの。医療で治しようがないんです。心因性だから……。もっと良い病院に入れてやりたい。でも……」


栄ちゃんもしっちゃんもガリビーも、思っていた。もし、経済的余裕がありさえすれば。

三人で廊下をとぼとぼと歩いた。

「ぼくも、もう少しせっぱつまれば銀行強盗でも働いてしまうかもしれない」

栄ちゃんが、せつなそうに言った。

「金がすべてだものね」

しっちゃんが溜息をついた。

「やりますか。銀行強盗を」

ガリビーが無感動にそう言った。二人がえっと驚きの声で答えた。

「冗談だろう」

「本気ですよ」

「すぐ捕まっちまう」

「絶対捕まらない方法があるんだ。今の病室で思いついたよ。だったら、やりますか」

「やる」

「やる。金に復讐する」

「じゃ、やりましょう。それには準備がいる。栄ちゃんが、鉄工所で、しっちゃんがモデル・アニメーターでないと絶対できない計画なのです。栄ちゃんのところで打合わせしたいんだけれど」


ガリビーの提案した計画は、まさに奇想天外なものだった。怪獣「ゲズラ」が銀行を襲撃するというのだ。何日も掃除されていない飛田鉄工所の事務所で、淡々とガリビーは計画について語りはじめた。

「ぼくの研究が、時間軸圧縮理論の応用展開についてのものだというのは話したっけ。うん、わかりやすく言うと特定の空間、あるいは事物の時間流を加速、停止させる技術ということになる。これが試作機」

ガリビーはポケットから大きめの懐中電灯といったものをとりだしてみせた。

「このボタンを押すと……」

「カシャッ」と音がした。次の瞬間、ガリビーの姿が消失した。驚いたしっちゃんと栄ちゃんの背中で再びガリビーの声が聞こえる。

「ほら、ぼくはここにいる。つまり、今、時間流の動きを止めて、ぼくは栄ちゃんとしっちゃんの後ろにまわったのさ。だから、ぼくはしっちゃんたちの眼からみると、瞬間的に空間転移したように見えるはずだ」

　そのとおりだった。それは魔法としか形容しようのない現象だった。

「しっちゃんのゲズラの話で思いついたんだけど、しっちゃんのストップモーション・アニメというのは、確か齣撮りで人形を少しずつ動かしていくんだろう。それで、そのフィルムを映写すれば、その人形は生命を吹きこまれたみたいに動きまわって見えるんだな」

　狐につままれた表情のまま、しっちゃんは首を振り続けた。

「栄ちゃんとこの鉄工所で材料を揃えて、等身大のゲズラを作ろうと思う。で、アニメーターのしっちゃんが、ゲズラを動かすんだ。時間軸圧縮理論を応用して……。人間の視覚残像を利用するとすれば、フィルムの場合、一秒間に何コマ必要なの」

「三十五m/mだったら、一秒間二十四コマだ」

「うん、この試作機をそうセットする。そして、等身大のゲズラを銀行内に仕掛け、皆が恐慌を起こすようにしっちゃんがゲズラを一秒間に二十四回アニメートするんだ。皆が騒いでいる間に、現金をかっぱらう……という計画だ」

「他の人間の眼には銀行に出現した暴れ狂う怪獣しか見えない……というわけだな」

栄ちゃんもやっと納得できたというふうだった。そうなのだ。ガリビーの計画というのはスクリーン上ではなく、現実の世界で人形アニメを実現しようというのだ。実物大の怪獣人形をこさえ、時間軸圧縮理論による試作機を使用して……。

栄ちゃんは、債権者たちに札束を叩きつける自分の姿を想像していた。しっちゃんは、壮大なテーマのストップモーションによる撮影映画を製作している姿を……。

「人形をこさえなくてはならない。しっちゃんが、栄ちゃんにデザインを描いて渡してくれないか。ぼくも人形づくりを手作うから」

早速、〝ゲズラ〟の製作が開始されることになった。ガリビーの提案に従い、しっちゃんがデザインを描いた。あの恵の病室にあったのと同一の蛙と竜のキメラのような怪獣だった。それから、その絵の上に、もう一枚をあて、輪郭をトレスした後に、怪獣の骨格を描き終えた。

「まず、骨格を作ることが必要だ。アニメートして自然な動きを再現するために、身体中の関節《ジョイント》が変幻自在に動かせることが最低条件だ。身長はどのくらいにしようか」

「テレビ映画のときの設定はどのくらいの大きさだったの」と栄ちゃん。

「三十メートル。……でも、その大きさでは、銀行内には入らないし、運搬も困難になる。五メートルくらいだったらどうだろう」

そんな結論になった。

「で、骨格の上に特殊合成樹脂を張りつけて彩色するつもりでいるのだけれど。技術的に栄ちゃん。ここの鉄工所で出来るかな」

栄ちゃんはまかせてくれと胸をはった。

「まる一日あればできるさ。合成樹脂はあまりないけど、断熱材をまきつけてパテやラテックスで修整していけばいいさ」

そのかわり突貫作業になるけれど。しかもですよ、債権者たちの目を盗んでやらなくてはならない……。そこで、初めて栄ちゃんは、心配そうに表情を曇らせた。


栄ちゃんとガリビーが眼を醒ましたとき、しっちゃんは〝ゲズラ〟にプラモデル用の彩色スプレーを吹きつけていた。

「あっ、もう起きてやってたのか。もう眼玉も入ってる。どうしたの。この眼は」

ねぼけ眼《まなこ》をこすりながら、ガリビーが言った。

「ああ、更衣室に従業員のキャッチボールの道具が揃ってたの。野球のボールに黒眼を入れただけ」

きゃたつの上で、しっちゃんが得意そうに答えた。あれから、徹夜で三人は怪獣ゲズラを作り続けたのだった。細い鉄材を溶接し、腕、足の関節の部分に、栄ちゃんの工場にある自在継手を仕掛け、そのうえから繊維状の断熱材を幾重にも巻きつけた。それにラテックスを塗りつけて、まがりなりにも完成した。

「もう、あれから、まる一日過ぎちゃったんだ。このゲズラが完成してから、ぶっ倒れるように三人とも寝ちゃったからな。ぼくは夕方、一度、眼を醒まして、食糧と彩色用の道具を買いにいってたんだ」

しっちゃんの言うとおり、彩色をほどこされた怪獣ゲズラは、立派な一匹の生きものに変わっていた。ただ、身動き一つしないだけだ。「カシャッ」とそのとき音がした。その怪獣の野球ボールからなる眼玉が、突然ぎょろりと、しっちゃんを睨みつけた。

「うわっ」

動転したしっちゃんはきゃたつの上から飛び降りた。「生きてる!!!」

ガリビーが大きな声で笑った。

「ちょっと実験したんだ。ぼくが、時間流を止めてゲズラの眼玉を動かしたんだ」

なあんだ、そうかとしっちゃんも頭をかいた。これなら大丈夫。まるで本物だ。

二人の笑い声で栄ちゃんも起きだしていた。欠伸《あくび》をして眼鏡をかけると、彩色されたゲズラがある。大きく伸びをしたときだった。ゲズラが栄ちゃんの真似をして、両腕をふりあげ、大きく伸びをしてみせたのだ。それから、首をつきだし、眼を細めた。怪獣が笑った。

「ぎゃっ」

栄ちゃんは、仰天し一メートルも飛び上ったのだ。ガリビーとしっちゃんが腹を抱えて笑いながら出現した。

「どうだった。本物みたいに見えたかい」

「わりと簡単にアニメートできたみたいだ」

二人で栄ちゃんをびっくりさせようと試作機でゲズラを動かしたのだ。状況を理解した栄ちゃんは冷汗をぬぐいつつ、心臓発作を起こさなかったのがせめてもの幸いだったと述懐した。まったく本物そっくりだ。

「飛田さん。飛田さん。開けなさいよ。いるのはわかってんだ。灯りが見えてるだろ。開けてくれなければ扉をぶち破るから」

胴間声が突然、通用門のほうから響いた。冷汗を拭っていた栄ちゃんの額から、再び汗が噴きだしはじめたのだ。

「なんだか、変な人たちだぜ。まともなお客さんじゃないみたいだ。や、やくざみたいな風体をしている」

通用門近くの覗き窓から見下ろして、ガリビーが、そう言った。

「そ、その……整理屋たちだよ。何故だか、あいつ等、うちが、つまり飛田鉄工所が発行した手形を持ってるんだ。つまり、債権者だ。数日後に手形の引落し日がきてるんで、確認にきてる……というと聞こえはいいけど、脅しにきてる。とにかく奴等、やることが滅茶苦茶だもんで……。ぼくに土地の権利書と実印を渡せというんだ」

栄ちゃんは完全にびびってしまっている。

しっちゃんが、叫んだ。「とにかくゲズラを隠そう。ビニール・シートか何かないのか」

門が激しく乱打されはじめた。

「丸坊主とか、頬に傷がある奴とか、こんなに暗いのにサングラスかけた奴までいるぜ」

ガリビーが泣き声に近い悲鳴をあげた。

「逃げるんだ」

栄ちゃんが叫んだ。

「逃げ道はないよ。それにゲズラが見つかってしまう」しっちゃんはおろおろ声だ。

ガリビーが覗き窓から飛び降り、二人のところへ駆け寄ってきた。

「もう他に方法はない。あいつ達、扉をぶち壊して入ってくる」

扉に体当りの音が、鈍く数回続いていた。ガリビーが、時間軸圧縮理論の試作機のスイッチを入れた。

体当りの音が止まった。

「ああ、やっとあきらめて帰ったのか」

栄ちゃんは、ほっと胸を撫でおろした。

「ちがう。ちがう。時間が停止しただけだ。時間の流れがもどったら状況はなんら変わらない」ガリビーは首を振った。「いまから、ゲズラを通用門のところへ移動させる」

しっちゃんと栄ちゃんは、うんと頷き、ゲズラを押しはじめた。身長は五メートルだが、軽い材質のものばかり使ってあるし、骨材の鉄鋼も細いので大の男三人の力で、簡単に移動できるのだ。

「どうせ見つかるのなら、効果的に奴等を追いはらう」

門の入口に怪獣ゲズラを据え、ガリビーは試作機のスイッチをオフにした。再び、野太い、栄ちゃんを罵《ののし》る声が辺りに満ちた。それから、扉が遂に破壊されて……。

「いまだ」

ガリビーが、再び試作機のスイッチを入れた。時間停止。

整理屋の一人が壊れた扉から転がりこみ、ゲズラの足許で宙に浮いたまま静止していた。後方の数人のやくざ風は、ゲズラに気がついたらしく、信じられない物がいるという視線を漂わせていた。一人なぞ、笑い顔を浮かべていた。

「一秒に二十四回の動きだ。しっちゃん。こいつらを驚かすような動きを演出してくれ」

「ああ。もちろんだ」

しっちゃんは両腕を少しずつ折り曲げていった。動作が終了すると、三人は物陰に隠れ、試作機で二十四分の一秒だけ時間を先送りした、それから時間を再停止させ、ゲズラの腕を折り曲げる。

「ラジカセはないかなぁ」としっちゃん。

「あるけど。工員の私物だ」

「貸してくれ。ゲズラの鳴き声をスタジオからダビングしてきたテープがある」

しっちゃんはラジカセを受け取ると、テープを仕掛け、ゲズラの口に押しこんだ。

ゲズラに胸を叩く動作を二、三度繰り返させるのに長い時間がかかった。それも、やくざたちにとっては、数秒だったはずだ。それから足許にいるやくざにゲズラの口を向け、餌をついばむように近づけた。そのやくざの口は恐怖に大きく開かれていた。胴巻きをゲズラにくわえさせ、三人でやくざの身体をよいしょと持ちあげた。

ガリビーはふと、凍りついた他のやくざたちの顔をうかがった。皆の眼玉が剝きだされていた。

「うわっきたない」

足を持ちあげたしっちゃんが言った。

「こいつ、おしっこ漏らしてんの。よほど恐いんだぜ」

床から四十センチほど、くわえあげてから、外へ放りだすようにアニメートした。

「はあ疲れちゃった。少し、停止を解いて物蔭で様子を見よう」

ガリビーの提案で、三人は工具台の隅で、時間軸を正常に戻してみた。

あっけないものだった。

整理屋たちは恐怖のため、悲鳴をあげながら逃げだしていった。ゲズラの口にくわえさせた一人が、腰が抜けた様子で這いずっていたが、テープの吠え声で、ぎゃおと叫んで立ちあがり、一目散に走っていった。

栄ちゃんが、大喜びだった。

「は、いい気味だ。いつも、ぼくの胸倉を摑んで脅すくせに、あのあわてようったら。傑作。傑作。だよね」

ガリビーが少し表情をくもらせていた。

「もう……銀行ギャングごっこはできないよ」

「なぜだい」

「彼等がゲズラを見てしまったからさ。あいつ等は、ゲズラの銀行強盗のことを知ったら、ぼくたちに関係あるにちがいないと警察に知らせるはずだ」

三人とも、そこで押し黙ってしまった。それは確実だろう。警察に知らせなくても、彼等は飛田鉄工所と犯罪の関連性を感じて何かの手を、あらためてとってくると思われた。

「まずいな。でも、あのときは、ああするしかなかった」

再び沈黙が続いた。

しっちゃんが突然言った。

「ぼくたち、この怪獣ゲズラを作ってるとき、はなから銀行強盗やろうなぞ思っていなかったのとちがうだろうか」

栄ちゃんが驚いたようにしっちゃんを見た。

「だって、その時間軸圧縮理論の応用試作機さえあれば、こんなまどろっこしい怪獣なぞ作らなくても、時間を止めて銀行から金を盗ってくればすむことじゃなかったんだろうか。それだったら三人も必要ない。ガリビー一人だって、できたことなんだ」

ガリビーは、同意するように首を振った。

「ぼくも、犯罪は嫌いだ」

「じつは……」しっちゃんが言った。「さっき一人眼を醒ましたとき、食糧と彩色道具を買うため外出して……ついでに佐山美紀さんの娘の病院に行ってきたんだ」

「ゲズラに会いたいっていったんだろう。あの……ウェンディみたいな娘」

栄ちゃんがにやりと笑って言った。すべてお見透しなのだという口調で。

「そのとおり……。でも、よくわかったな」

栄ちゃんは自信たっぷりだった。

「みな、照れてたんだよ。本当は、これをやりたかったはずなんだ。照れくさくて言いだしようがなかったんじゃないか。この馬鹿げた怪獣を汗みどろになって作ったのは、恵ちゃんを元気づけるためじゃなかったのか」

ガリビーも、しっちゃんも眉を寄せてはいたが笑っていた。三人とも照れ屋の悪がしこぶりの恥かしがりやなのだ。

「七歳の少女のためにさ。大の男が三人で……ぼくも大好きだよ。こんな馬鹿げた話がさ」

三人は笑いながら、おたがいをこづきあっていた。ほっとしたといった表情なのだ。

「〝最後の一葉〟の三人組だな。O・ヘンリーの。知ってるか？」

ガリビーが言った。栄ちゃんは知らないと答えた。

「病室から見えるツタの葉が、すべて風で落ちた時が、自分の死ぬときだと信じている少女がいたんだ。いつも、友人である画家の老人にそう話していた。葉が一枚一枚と散っていき、最後の一枚になってしまう。あの一枚が散ったとき自分は死ぬんだと少女は信じて疑わない。風の強い夜が明け、少女はカーテンを開く。ところが、最後の一枚はちゃんと落ちずについていた。少女は生きる希望をとりもどすが、実は、それは画家である老人の最後に絵筆で残した傑作だったというわけだ。その老人の名前は確か、ヴェールマン老人といったっけなあ」

ガリビーが昔読んだ話なのだった。その話に登場するヴェールマン老人に自分たちの意図していることが、そっくりというのだった。

「所詮、ぼくたちに犯罪はむいていないのだろうな」ガリビーは少し自嘲的だった。

しっちゃんが、台の上に腰をおろした。

「美紀さんとも、また話をしたんだ。医師の分析によるとウェンディ……恵ちゃんは父性をゲズラに求めているかもしれないんだってさ。美紀さん一人の手で育てられて、心の隅に何か満たされないものを感じ続けてきたのかもしれない。それが身体的失調としてチャナ症候群なる衰弱みたいに顕在化してきた可能性があるというんだ。ぼくたちを恵ちゃんの病室へ連れていってくれたのも、恵ちゃんが潜在的に求めている父性を我々に見つけてくれるのではないかと願ったからなんだって。少しでも病状が快方へむかえばと思ったのだろう」

「だけど、無駄だった」

ガリビーがそう言うと、しっちゃんが腕組みしたまま頷いた。

「さあ、準備しよう。ぼくたちのやるべき行動目標が絞られたのだから。夜が明ける前にゲズラを恵ちゃんのいる病院前に運んでおこう」

栄ちゃんが、興奮のためか身体をやや震わせながら叫んだ。トラックを持ってきた。青色の2t車だった。脇に「飛田鉄工所」と白く書かれていた。三人でゲズラをパレットの上に乗せ、フォークリフトで荷台にかつぎ上げたのだ。青いビニール・シートでゲズラを覆うと外観は、異様さは否めないが「まさか怪獣が中にいるとはわからない」程度までは変えることが出来た。

闇の彼方が白みかけていた。

「今のうちに運ぶんだ」

そろそろと栄ちゃんがトラックを動かし始めると、すぐに難問が発生した。電線がゲズラに引掛かるのだ。栄ちゃんが、物干し竿の先にY字型のプラスチック棒をとりつけ、しっちゃんとガリビーが進路にある電線を持ちあげながら微速ではあるが、移動するという姑息な方法で、解決された。

病院前に到着したのが二十分後、まだ、夜は明けていない。とりあえず数軒先のビル建築予定地の工事現場の塀の後ろに、ほうほうの体でゲズラを着地させた。荷台を砂山の頂上につけ、ゲズラをその上に乗せ、砂山から少しずつずり降ろしていくというピラミッド建築そこのけの手法をとったのだ。

栄ちゃんが、工場にトラックを返しに行き、それから、三人はまんじりともせず、怪獣ゲズラのビニール・シートの前にしゃがみこんで夜明けを待った。三人の視線が病院を見た。病院の二階に恵がいるはずだった。しっちゃんが、朝の七時ちょうどに、美紀に連絡をとった。

「今朝、どうしても恵ちゃんに見せたいものがあるんだ。朝八時カッキリに恵ちゃんに窓の外を見せてもらえないか」

「どうしたの。こんなに朝早く」

「とにかく騙されたと思って」

美紀が何かを言いかけていたが、しっちゃんは受話器を置いた。七時半には美紀は病院へ到着してくれるはずだった。それから、恵を窓際に導いて……。

二階の窓際は、地上から四、五メートルの高さのようだった。

徐々に道路の交通量が増加しつつあった。通りを歩く通勤サラリーマンやＯＬ、学生たちの姿も目立ちはじめていた。

「美紀さんに電話かけてきた。八時に決行だぞ。その前に腹ごしらえだ。いいかい」

しっちゃんは座りこんでいる栄ちゃんとガリビーに牛乳パックと菓子パンを配った。しかし、疲労のためか、栄ちゃんの眼はげっそり落ちこんでいるのだ。

「今、ガリビーと話していたのだけれど、これは大変な重労働ですよ」

牛乳をストローで吸いながらそう言った。

「何分くらい動かせばいいのかな」

「十分間動かすとして、一秒二十四回だろう。千四百四十回が一分に必要なら、その十倍だ。一万四千四百回だ。一つの動きに一分費すにしても、一万四千四百分人形を動かすために動きまわらなくてはならない計算になる。二百四十時間。つまり十日間に相当する。これは大変なことだぞ」

そうガリビーが眼鏡のツルを押さえて言う。

「飲まず食わず不眠不休でやって、それだけかかる計算だ」

栄ちゃんは、その話を聞いて、そんなにげっそりした表情になっていたに違いなかった。

だが、牛乳とパンを頬ばったしっちゃんは断固として怪獣ゲズラを指さした。

「そんなこと、計画した時点でハナからわかってたことじゃないか。ぼくはやるよ。思いっきり、アニメートする気でいる。観客は……恵ちゃんと美紀さんは、もう病院の窓から何が起こるかと固唾《かたず》を飲んで見守っているにちがいないのだ」

　そのとおりだった。

　そのとき、美紀は病院に駆けこんでいたのだ。恵は、まだ眠っていた。ゲズラの人形を抱いて……。

「恵、まだ眠っているの。急いで眼を醒まして」

　恵は、まだぼんやりとした表情で眼をこすりこすり身を起こした。

「ママ……。こんなに早く。いったいどうしたの」

「窓の外を見てちょうだいって。連絡もらったの。先日、恵ちゃんを見舞ってくれた乾さんたちから」

「何があるの？」

「わからない。とにかく窓の外を見てるようにって。八時ちょうどに何かがあるらしいから……」

「何なの。いったい……」

　恵の肩に美紀はカーディガンをかけた。恵は見下ろしていた。窓の外を。

　外はいつもの朝と同じ喧騒だけが広がっていた。果しなく続く自動車の列。通りを足早に通り去る人々の群れ。

「何が起こるというの」

「あと五分よ。八時まで」

美紀が腕時計を見た。

工事現場にトラックが入ってきた。怪獣ゲズラのビニール・シートの前でトラックが止まり、初老の男が驚いたように飛びだしてきた。

「何だい、ここに何を持ってきやがったんだ」

三人は咄嗟《とっさ》にビニール・シートの陰に身をひそめていた。

「あと三分だよ。見つかってしまうぞ」

栄ちゃんが、二人の顔を見まわした。実際に時間は残されていない。今、ここで見つかったら、怪獣ゲズラが人形であることが発覚してしまう。

「そこに、誰かいるのんかぁ」トラックの運転手が叫んだ。「現場の人間かぁ。出てこんつもりなら、こっちから行くぞ」

よし行こう！　とガリビーが声をかけた。試作機をONにすると、周囲の騒音が消え、沈黙の世界に化した。

トラックの運転手は、半ば口を開き、へっぴり腰でビニール・シートに手をかけようとしていた。三人は、運転手の両手、両足をぐるぐる巻きにし、ガムテープで眼と口をふさぎ、トラックの運転席に押しこんだ。

「なんだか、死人をかついだような気がするよ」

しっちゃんが、そう呟いたが、トラックの運転手にとっては、いったい自分の身に何が起こったのか理解できないはずだった。何やら正体不明のビニール・シートの中身を暴こうとした次の瞬間には縛りあげられトラックの中に転がされているわけなのだから。

時間を正常に戻すと八時一分前だった。

ガリビーが秒読みを開始した。

「六・五・四・三・二・一……」


八時の市役所の時報サイレンが市内に響いていた。

「何もないみたい」

恵が、そう言った。「何があるのかしら」美紀が溜息をついた。乾さん、私たちに、いったい何を言いたかったのかしら。あんなに声を弾ませていたから、きっと何かがあるはずだわ。それから、もう一度、腕時計を見た。八時きっかり。そのときだった。

「あっ、ママ!!　夢みたい。ほんと。ほんとよ」

恵が叫び声をあげた。ベッドから跳びおき、窓際から身をのりだしていた。

外から悲鳴が聞こえ、クラクションが鳴り響いた。

隣のビルの工事現場の前に、身の丈五メートルほどもある怪獣が立っているのだ。蛙のような形状を持つ頭を持った茶褐色の怪物は小首をかしげ、恵と美紀のいる病室をみつめていた。それから、手を振って笑いかけてみせた。

二人に恐怖感はなかった。その怪獣は人なつこさをもっていたのだから。

「ゲズラよ。ゲズラが来てくれたんだわ。ねえ、ママ。そうでしょ。私に会いに来てくれたのね。ゲズラは元気だったのよ」

はしゃいでいる恵とは、うらはらに、どうしても美紀はこの現実を信じることができずにいた。ぬいぐるみであるはずがない。あんなに大きいものが。ロボットじゃあないわ。あの怪獣は生きているもの。これは、ほんとのことかしら。夢の中のできごとじゃあないのかしら。

「ね。ママ、ゲズラってほんとにいると恵、いつも言ってたでしょ。ねっ。ね」

こんなに、はしゃいでいる恵を最近見たことがなかった……。そう美紀は思っていた。頬を紅潮させ、息をはずませ手を振る恵を……。

「栄ちゃん、右足を一センチ持ちあげる。そっちを持ってくれ」

しっちゃんが、汗をふきながらゲズラの足にしがみついていた。

「ゲズラを歩かせて病室の前まで連れていく。ほら恵ちゃんと美紀さんが病室の窓のところで笑ってる。手をふってるんだ」

彫像のような親子が、三人とゲズラを見守っているのだ。

「病院の前まで運ぶとすれば、何歩で動かすんだよ。十五メートルは、ゆうにあるんだぞ」

　栄ちゃんが泣きそうな声をだした。

「一歩が一メートル弱だから、十七歩くらいかなあ。もっと……クッ。力を入れて持ってくれ。オーライ。そのくらいでいいよ。ガリビー。時間を進めてくれ」

　しっちゃんにうなずいて見せ、ガリビーは二人のいる場所へ近づき、時間軸圧縮理論試作機を押した。カシャッ。一瞬だけ世の中が動いた。ウォーンという谺《こだま》のような周囲の騒音が、三人の耳に残っているような気がしたが、多分錯覚だろう。空気の震動も静止しているはずなのだから。

　一瞬の動きの中で、近くにいた若い女のバッグが宙に舞っていた。車を運転する男が眼を剝いていた。踵をかえそうとして身体のバランスを崩している男。駆けだして宙に浮かんだ男。しっちゃんが叫ぶ。

「もう少し身体の重心を前に倒す。歩行状態を表現するんだから。栄ちゃん、右足をもう一センチあげよう。ガリビーは後ろから押してくれ。そうだ、その調子」

　カシャッ。

　台形の梯子《はしご》を、栄ちゃんが工事現場からかついできた。怪獣ゲズラに立てかける。

「眼玉を動かしてくれ、瞼を少し閉じ気味にして。口も、少し開けておいたほうがいい。咆《ほ》えるためのラジカセも口の中に仕掛けてあるんだから」しっちゃんが叫ぶ。

カシャッ。

怪獣ゲズラが歩道をゆったりと一歩踏みだしていた。人混みが、大きな輪をつくり、悲鳴が一層高まっていった。地響きは聞こえなかった。恐る恐るの一歩。

「ママ、ゲズラが歩きだしたわ。恵のところへやってくるのよ」

手を振り続けながら、恵は美紀に言った。

そうだ。これなんだわ。乾さんが八時に窓の外を見ていて欲しいと頼んだのは。非現実的だけど、信じられないけれど、あの怪獣ゲズラは、あの三人が仕組んだことに違いないんだわ。どうやって動かしているのかしら。あの三人の姿は、どこにも見えないのに。

病室のインター・ホーンが鳴った。

「付近に猛獣が現れています。危険ですから窓際から離れておいてください。くりかえします。付近に猛獣が現れています――もうすぐ警察が到着するはずです」

インター・ホーンの声は、うろたえていた。こういった伝達の例がないために、しどろもどろの表現になっていた。

「警察……。ゲズラを捕まえるつもりかしら」

恵が手を振るのをやめ、心配そうに母親に尋ねた。

そのとおりだった。人が走り去っていく逆方向から、二十歳をすぎてそういくつも経っていないような警官が自転車で駆けてくるのが見えた。目標方向はあきらかに、怪獣ゲズラなのだ。全速力だった。

そのとき、怪獣ゲズラは立ち止まり、大きく一声咆えていた。

警察官は自転車に急ブレーキをかけた。本能的恐怖のためだろう。しかし、その反動で彼は歩道に自転車から投げだされてしまったのだ。

「警官だよ。警官」

梯子の上から栄ちゃんが叫んだ。栄ちゃんの指のむこうに自転車から投げだされた若い警官が宙に浮かんでいた。

「何をしに来たんだろう。まさか、我々を逮捕しにきたんじゃないだろうな」

ガリビーが「逮捕」という単語を口にしたため、しっちゃんは少し眉をひそめていた。

「ぼくたちが、何をやったというんだ。犯罪に匹敵する行動をとったとでもいうのか」

「前、映画を観たんだ。怪獣映画をさ。いつも怪獣は攻撃されるんだぞ。自衛隊が出動してきてね。戦車やら、ジェット機やら続々とやってくる。その前哨戦として警官がやってきたのではないんだろうか」

栄ちゃんは、そう自分の解釈を述べた。

「トラックの運転手を縛りあげて監禁したのは、あれは確かに犯罪だと思う。もし、この怪獣ゲズラが我々の仕業とわかったら、必ず責任を問われることになるかもしれない。ぼくたちは恵ちゃんを喜ばせるためにこの計画を実行しているけれど、この付近にいるのは恵ちゃんや美紀さんたちだけではないんだ。一般人に対しては、予測できたはずなんだけれど、それ以上に大きな反応が起きているようだ。騒乱罪とか、それに類した罪状にあたるかもしれないな」

ガリビーがそう言った。

「でも、あの警官どうする。あのままほっておいたら、歩道に頭から、ぶつかってしまうよ」梯子の上の栄ちゃんだった。

「仕方ないな。病院からちょっと借りてくるよ」

ガリビーは恵のいる病院に走っていった。

自転車から放りだされた警官は、「わっ、しまった」と思っていた。それから、正体不明の怪物の前で自転車に転げて気絶してしまうかもしれない自分を悲惨だと考えていた。柔道の受け身の姿勢をとろうと、一瞬もがいたが顔面はすでに歩道にあった。「こりゃあ、だめだ」と考え、それから、気絶した自分が怪獣に踏み潰されペチャンコになっているという光景が脳裏に去来していった。「情けない」

次の瞬間、眼前にベッドが出現したのだ。何故だかわからなかったが、唐突に警官が激突するはずの歩道にベッドが現れた。一度、ベッドにバウンドすると警官は歩道に尻餅をついた。奇跡としか思えなかった。

ベッドがあった場所に再び眼をやった。しかし、そこには何も存在しないのだ。何度、眼をこすってみても、ベッドに代るべき存在も確認できない。車輪が空まわりしている横転した自転車だけ。信じられない思いだった。

背中で怪獣の咆哮《ほうこう》が轟《とどろ》いた。警官は我にかえっていた。そ、そうだ、自分は怪物出現の通報を聞いて駆けつけたのだ。

振り返ると眼前に巨大で異形の怪獣がいた。

「うわぁ、うわわ。うわわ」

あわてつつ、腰から拳銃を抜き、安全装置をはずした。こういう際の対処は、警察学校では教えてくれなかったのだから。

「止まれ。止まらんと撃つぞ」天にむけて一発威嚇射撃した。しかし、怪獣は前進をやめようとしない。

「くるな。よ、よるな」

警官は、銃口を怪獣にむけ、二発連続して引き金を引いた。

ガリビーは、静止した弾丸を二発とも方向を変えた。弾丸は天にむかってまっすぐ上昇するはずだった。

「もう疲れたよ。しばらく休もう」

栄ちゃんが弱音を吐くのも、もっともだった。三人とも、頬が黒くなっていた。そんなに髭が伸びる期間、突貫でゲズラを操作しているのだ。服はというと三人揃ってよれよれになっている。まるで浮浪者トリオだった。

「あの警官は、せっかく助けてやったというのに、こんどはピストルを撃つんだからなあ」

ガリビーは呆れて肩をすくめた。警官の実直な勤務ぶりに、ほとほと感心したという様子だった。

「これと、全く同じシーンを見たような気がする。……あれは……」ゲズラの前に拳銃をかまえたまま仁王立ちしている警官を眺めながら、しっちゃんが言った。「ブラッドベリの〝霧笛〟を映画化した『大怪獣出現』だ。あの映画でも恐竜にピストルで立ちむかう警官が登場したっけ。あの警官は恐竜に食われちまったんだっけな」

「だけど、この警官も、ほっとくと、いつまでもつきまとうのじゃないかなあ」

ガリビーが眉をひそめてそう言った。周囲を見回すといつのまに集まったのやら、遠巻きに、野次馬が息を殺してゲズラと警官を見守っていた。ある顔は恐る恐る、ある顔は、笑みを満面にたたえていた。

「ゲズラに警官を食わせてしまおう」

しっちゃんだった。

「恵ちゃんに、そんな残酷なとこ見せるのか。ぼくは反対だ」と栄ちゃん。

「その瞬間は見せなければいい。カーテンを閉めるんだ。恵ちゃんの病室の。……何、本当に食っちまうわけじゃない」

カシャッ。

急に、恵と美紀の前にカーテンがあった。

「どうしたのかしら。風かしら」

外で、叫び声が響いた。「怪物が警官を食っちまった」「逃げろ！　こっちへやってくるぞ」

慌ててカーテンを開くとクモの子を散らすように野次馬が逃げていくのが見えた。

「ゲズラは、おまわりさんを食べちゃったの？」

「さあ、わかんないわ」

「嘘にきまってるわ」

ゲズラの姿は、恵と美紀のいる窓から数メートルの場所にあった。恵と視線が合い、ゲズラは恵にウインクした。

「うわあ。やはり、ゲズラは私に会いにここまで来てくれたんだわ」

警官はゲズラの口の中にくわえこんだ段階で、ぐるぐる縛りあげ、工事現場のトラックの運転席に押しこんだのだ。それから三人は停止した時間の中で仮眠をとり、缶詰の食事をとった。

「さて、恵ちゃんの前にたどりついたんだが、どうやることにしよう」

ガリビーの議案に、栄ちゃんが答えた。

「はげますんだよ。それが目的なんだから」

しっちゃんは黙ってスケッチブックに何かを描きこんでいた。ゲズラの笑い顔、ひょうきんな動作。栄ちゃんが不思議そうに覗きこんだ。

「何、描いてるの」

「うん。本来ならもっとはやく、やっておくべきだったけれど……アニメートするための全体のコンテをやっとかないと、統一した動きにならないような気がするし。泥縄だけど仕方ないんだ」

皆の反応をたしかめて、しっちゃんが言った。

「こんどは、こういう連続動作にしたいのだけれど。つまり、栄ちゃんは、顔部分をこのように動かす。ガリビーは両手。ぼくは足と尻尾。息があわないとだめだぜ」

三人の視線が合った。栄ちゃんは心細さを、ガリビーは疲労を、それぞれの思いを眼に宿していた。三人の視線は怪獣ゲズラに向き、誰ともなく溜息をもらしていた。それから病室に眼をやり……。恵の手を振る笑顔がそこにあった。

「やろうぜ」

誰からともなく立ち上り……。カシャッ。


怪獣ゲズラは、恵と美紀のいる病室の外に立ち、小首をかしげて二人を眺め、眼を細めてみせた。それから両手をあわせて、悪戯っぽくこすりあわせる。

「ママ、ゲズラは何やってるのかしら」

「さあ、わかんないわ」

ゲズラの腕の動きが突然に止まり、左の掌から、水仙の花束をとりだし、恥かしそうに恵にさしだした。

「まあ、私にプレゼントなんですって」

恵は喚声をあげた。


恵にプレゼントの花束を渡し、ゲズラにスキップを踏ませるという悲愴な作業が残っていた。片足立ちさせたゲズラをジャッキ・アップするのだ。三人とも、朦朧《もうろう》とはしていたが、不思議に後悔感はなかった。

ジャッキを動かしながら、しっちゃんが言った。

「しんどいけどさ。ぼくが今まで作ったうちで最高に満足いったモデル・アニメだよ。二齣撮りも、三齣撮りもやらなかったし、文字通りフルアニメなんだからなあ。ぼく、あのクラス会に行って本当に感謝しているよ」自分もそうだと栄ちゃんも思っていた。手形の期日は何日だったのだろう。あれは、何か別の世界のできごとではなかったのだろうか。借金に追われ、家族に見放された惨めな自分を、何か遠い昔のことのように考えていた。今なんだ。今こそ、自分は生きているんだ。恵ちゃんの笑い顔だ。これこそ、自分の仕事だったのだ。

ガリビーも満足していた。学界で異端視され、認められなくてもかまわないさ。自分が必死で学究に励んできた結果が、こんなふうな形で役に立つなんて予想外じゃないか。痛快じゃないか。他に何も要りはしない。あのウェンディのような娘の笑い顔が自分たちへの報酬だ。無事に「最後の一葉」がやれそうじゃないか。

「さあ、もう少しジャッキ・アップして。じゃ、二十四分の一秒進めるから」

カシャッ。

ゲズラは、スキップをやめ、大きく口を開くと、何やら白い万国旗のようなものを口から垂らしはじめていた。その旗の一枚一枚に文字が書かれていた。

「恵ちゃん、読めるかしら。えーと、……メ…グ…ミ…チ…ャ…ン…ハ…ヤ…ク…ゲ…ン…キ…ニ…ナ…ッ…テ…ネ…ですって。…ヤ…ク…ソ…ク…ダ……ゲ…ズ…ラ…ヨ…リ」

美紀が文字を声に出して読むと恵は何度もうなずいていた。

「大丈夫よ。ゲズラ！　私は、もう元気だから」

その時、数台のパトカーが、ゲズラの背後に到着し、遠巻きに警官たちが取り囲んでいた。

「よし、すべて終了。ゲズラをかたづけよう」

ガリビーが言い、三人が怪獣を押し始めたとき、破局は突然に訪れた。ガリビーがジャッキにつまずき、横転したのだ。時間軸圧縮理論の試作機がＯＦＦに、はずみで切り換わっていた。

カシャッ。

予想外のできごとだった。

驚いたのは警官たちだった。取り囲んだ怪獣が、突然、動かなくなったのと同時に、三人の浮浪者が忽然と出現したのだから。揃って髭もじゃの薄汚れた怪しからん風体なのだ。中の一人が、地面に落ちた懐中電灯のようなものを、あわてて拾いあげ悲鳴に近い声を発した。

「だめだ。こわれちまった」

残りの二人も情けない声をあげ、懐中電灯に近よって騒ぎはじめていた。怪獣はバランスを崩し、クニャクニャと倒れこんでしまう始末だ。

取り囲んだ警官たちは、ことの成行きが、全然理解できずに呆然と立ち尽すだけだった。

「乾さんたちだわ」

窓際で美紀は、そう呟いた。「やはり、そうだったんだ。恵のために……」

髭もじゃの一人が叫んでいた。「なおった」

その一声で我にかえった警官たちは、いっせいに三人に飛びかかっていった。しかし、一瞬はやく……カシャッ。


恵は婚約者と歩いていた。昼下り。

「誰だい、会わせたい人って」

不思議そうに男は、恵に尋ねた。

「私のお父さんたちよ……。んー。お父さんより大事な人たち。そこよ、その病院の前」

恵は、まだ少女のあどけなさを残した笑顔を浮かべていた。だがすでに立派な女なのだ。

「だって、ここは歩道だぜ。……それとも、この三人の乞食像がそうなのか」

恵はうなずいた。

「私が子供の頃、心因性の病気にかかってたの。なおしてくれたのが、この人たち。まだ、この人たち生きてるのよ。他の時間軸を旅してるだけ」

そこに栄ちゃん、しっちゃん、ガリビーの化石が立ち尽していた。三人は試作機を操作して、あれから未来への逃亡をはかったのだ。時間軸の異なる警官隊が、いかに三人を逮捕しようとしても、一歩も動かすことのできない状態に化してしまっているのだ。三人とも、自分たちがしでかした犯罪が時効になるまで逃げまわるつもりの気弱な三人組なのだ。

「私、何か、うれしいことがあると、いつもここに報告にくることにしてるの」

恵の言葉に、婚約者は少し戸惑ったような表情を浮かべていた。

恵は、水仙の花束を三人の足もとへ飾った。花束には、「ヴェールマンさんたちへ」と書かれたカードが添えられていた。

「いつ、三人はこの時間軸へ帰ってくるのだろう。三人は永遠にこのまま……ひょっとして」

「わからないわ。でも……いつかは必ず」

カシャッとその時、音がした。それから、突然、それまで立ち尽す彫像だった三人の男が、わらわらと動きだしたのだ。

中の一人が、驚いたようにあっけにとられた恵の顔を凝視《みつ》め、そして言った。

「あ、美紀さん。もう、警官隊、行っちゃったんですか。ところで、恵さんの容態、いかがなんでしょう。ゲズラの効果はありましたか？」

夢の閃光・刹那の夏

竜介は一息で白ワインをあおった。文字どおり、それはワインと言ってまちがいではない。……だが、合成されたワインなのだ。もう原料となるぶどうは、この地球上には存在しない。

竜介はワイン合成公社に勤務している。もう三十年もつとめあげてきただろうか。

昼間、社で研究室の若者が竜介に提案した。

「どうしても、合成ワインのまろみが足りないのはグリセリン添加の際になにか欠陥があるのではないでしょうか。香りだけはかなりいい線までもってきているのにコクの足りなさで、いかにも合成だということを自己主張しているようなものですよ。グリセリン添加物をもっと研究してみたいのですが。いまの合成ワインをもっと芳醇なものに変えてみせる自信があるのです。開発部長お願いします」

竜介は若者の提言を却下したのだった。

「今、上層部からの指令は合成ワイン保存法の開発が最優先になっている。君が一人、脱けることによって指令の遂行が大幅に遅れることになる。君たちは指示された業務を先《ま》ずこなしてほしい。君の提案はそれからだ」

「しかし、コクのないワインなんてワインじゃない。そんなワインを長期保存できるようになったところで、なんだというんです」

もう一口、竜介はワインを飲んだ。そのとおりだろう。このワインは似て非なるものだ。

(なあに、あと二年だ。あと二年間を無事に平穏に勤めあげれば、それでいい)

竜介は一人ごちた。若者の理想主義は好ましいが、それも、ほどほどという限度があるはずだ。

竜介は定年をむかえた二年後の自分をよく想像した。定年になったらルイテン892の第二惑星ベグ・ハー・パードンへ行ってみるつもりでいた。妻も子供もつれず、自分一人で超空間連絡航宙船に乗ってそこを訪れようと考えていた。

なぜ、〝ベグ・ハー・パードン〟へ行こうと考えているのか……そこまでは深く考えることはしなかった。とにかく若い頃から、それが一つの使命のような気ではいた。

合成ワインのびんを台所へ持ちこむと、白髪のまじった妻がそれを受け取り、黙って微笑した。竜介も妻に微笑を返した。

いま、竜介は自分の部屋にいる。文字通り自分のユニット・ルームだ。三十年間のローンも終え、この超高層ビルの、最上階の名義を自分のものに書き換えて、まだ二ケ月も経っていない。

子供は長男が同じビルの五階下に住んでいる。スープのさめない距離というやつだ。長男夫婦と孫が休日には訪ねてくるから、その日の時間経過は特別に速い。長女は一年前に嫁いでしまったが、そう心配はしていない。

しょっちゅう竜介の妻の美梨子と電話連絡をとりあっているようすなのだ。その内容は、家族の近況であったり、夕食に予定しているおかずの味つけのこつについてであったりする。竜介は妻の長電話に苦情一つこぼすではなく合成ワインを飲んでいる。

酔いが身体中をほどよく弛緩《しかん》させる。すると、竜介は昔の若い時代のことを思いだそうとしている自分に気づく。ほろ苦いものが、こみあげてくると無意識に自分に言いきかせようとするのだ。

あと二年……。あと二年たったら。

ワイン合成公社の三十五年間は平穏な時間だった。優しく思いやりのある妻と一緒に過ごしてきた日々。

食卓でここちよい酔いの名残りを反芻する竜介の前に美梨子が食事を並べはじめる。

「酔いがまわってるみたいだから、あまり食事は入らないかもしれませんわね」

黙って竜介はうなずく。この女性と三十八年前、大恋愛の末に結婚したのだ。まさに、遠い遥かな過去のこと。いまでは甘い言葉をかわすこともない。

「そろそろニュースの時間ですわ。テレビをつけましょうか」

美梨子がスイッチをひねる。

ニュース解説者が浮かびあがる。ヴァン・マーネン星系への経済援助の解説、アルファ・

ケンタウリIIIで開催されている外宇宙博のパビリオン紹介、日本海溝のマグマ発電所事故の修復工事の近況と続いていた。世界は、いつの世にも大差がないことを伝えているといった話しかただった。

ニュース・キャスターが脇から紙片を受けとろうとしていた。竜介は倦怠《けんたい》のともなった酔いに身をまかせ、テーブルに頰杖をつき、たゆたっていた。

「ただいま、入りましたニュースです。

ルイテン892の太陽面膨脹警報が発令されました。ルイテン892系には、〝ベグ・ハー・パードン〟および〝フローティング・アイアン〟の人類居住惑星がありますが、今回の警報により、全居住者が惑星よりの脱出を開始しています。この警報は太陽面の磁場が局所的に増加する一般的ソラー・フレア現象と異なり、黄色矮星《わいせい》であるルイテン892の重力と熱の均衡がこわれ、恒星内のヘリウムが核融合反応を開始すると予測されるものです。この『ヘリウム・フラッシュ』の徴候として、ルイテン892は膨張を続け、八百時間後には人類の居住する二惑星を呑みこんでしまうものと思われます。スペクトル変化によって予測された警報は的中率も高く、今回の惑星脱出《エクソダス》時期決定の重要な指標となりました。このプレ・ヘリウム・フラッシュの期間は短いものと予想されますが、ヘリウム・フラッシュ後の二惑星は、数十年間、居住が不可能になるものと思われます」

竜介は薄く眼を開き、映像の解説者を見た。ニュース解説者は、星図表を棒で指していたが、よほど緊急だったのだろう、その星図は二次元画で描かれていた。

「わたしたちのいた惑星じゃない。たしか、〝ベグ・ハー・パードン〟って言ってたでしょう」

美梨子が食器を片付けながらそう言った。

竜介はふと我にかえった。「ベグ・ハー・パードン」だって。確かにそう言ったのか。「いま、恒星の膨張で黒焦げになると言ってたのは、〝ベグ・ハー・パードン〟のことなのか」

竜介は仁王立ちして、テレビを凝視した。

「いつ起こるんだ」

「さあ……。八百時間以内に……そう言ってたような気がしますけど」

竜介はそのまま洗面所へ行った。冷水を出し、何度も何度も顔を洗った。

顔を洗いながら、ふと、マクベスの一節を、連想していた。「洗えど洗えど血が落ちぬ……」

「美梨子、服を出してくれ」

妻の返事も待たずに、受話器をとった。

「どこに電話してらっしゃるんですか」

信号音が数回続いた。

「ルイテン892星系へのベグ・ハー・パードン行きのチケットを一枚確保しておいてくれ。ロ座番号はいまから言う……」

怒鳴りつけるように一気に言うと竜介は受話器を置いた。

服を着替えると、キャビネットから、計器のついた小箱をとりだした。そして竜介は妻に向きなおった。

「三十年間、一度も言わなかったわがままを、今回だけ見逃してくれ。俺はいまから、〝ベグ・ハー・パードン〟に行く。わけは……聞かないでほしい。必ず帰ってくる」

竜介は質問の嵐になると予想していた。だが美梨子はうなずいただけだった。

少々涙ぐんではいた。だが、一言の質問も口にはしなかった。

次の瞬間、竜介は小箱を抱えて、部屋を出た。

ちょうど、その階の空中に空タクが停まっていた。竜介は飛びこみ、信用カードを小孔にさしこんで叫んだ。

「ヤマト宙港へ大至急だ」

コンパイル表示が消えると、空タクは竜介の音声で答えた。

「リピート。ヤマト宙港へ大至急直行。時速七百キロで、十五分後に到着します。料金二万五千ユニット。運行中のお客さまによる到着地点の修正では料金の減額はございません」

座席の前の確認ボタンを押すと、空タクは滑るように飛行しはじめた。

膝の上に置いた小箱を、竜介は思わず握りしめていた。この小箱の中には、彼が三十八年間を過ごしてきた賭の結果がつまっていた。今の竜介に、その賭の結論を知る資格があるかどうかはわからない……。

しかし、四十年後の再会場所である〝ベグ・ハー・パードン〟のＵＢＨＰ《ユニバーシティオブＢＨＰ》キャンパスへ直行する機会はもう今しか残されていない。今、行かなければ、総てを裏切る結果になってしまう。強迫観念にも似ていた。

ヤマト宙港に降り立ち、竜介は予約カウンターへ駆けよった。

「さっき、電話で予約したんだ。予約ナンバーがＢＨＰ－四三六。ルイテンのベグ・ハー・パードン行き」

まだ二十歳をいくつも超えていない幼な顔の女が予約係だった。そばかすの残った顔を横に振って答えた。

「ベグ・ハー・パードン航路及びフローティング・アイアン行きの航宙船航路は今夕、閉鎖されました。プレ・ヘリウム・フラッシュによるものです。現在、惑星脱出が大規模に行われているんです」

竜介は絶句した。遅かったのか。それから歯嚙みした。その音がばりばりと自分の耳の中で響いていた。思わず、予約カウンターを拳で数回ゆっくりと叩いた。

「さっき、予約を受けてくれたんだ」

竜介は呻くように言った。

「臨時ニュースを聞かれなかったのですか。ルイテン892が膨脹するんです」

答える予約係の女は竜介の剣幕にあきらかにおびえていた。

「知っている。知っているから行くんだ。何か、方法はないのか」

予約係は上目遣いに、もう一度首を振った。

「どこまでなら行ける。一番近い星だ」

「ちょっと……お待ちください」

狂人を見る目で予約係は端末器を操作した。

「くじら座UVの第七惑星〝ライジング・オニオン〟です」

「よし、それでいい。一枚頼む。いつ出発だ」

「二時間後です。旅券《パスポート》はお持ちですか」

竜介は持っていなかった。そんな単純なことに気がつかなかったのだ。

「いや、持っては……待ってくれ。いまはないが、緊急なんだ。職務なんだが、いつもGWA―九〇〇一〇一で使っている」

ワイン合成公社で近くの星へ出張する際、公社のフリーコード名を申請すれば、旅券は必要ない。ただし、竜介の社内コードも同時に申請しなければいけない。公社の出張命令番号と照合されることになるが、出張命令番号のインプットが遅れても個人の社内コードが存在すれば、一時的にパスされる。これから竜介個人の旅券を手配している時間はないからだった。

「わかりました。宙港内アナウンスでお知らせします。料金は——」

「俺の信用カードをとりあえず使う。あとで精算するからかまわない」

「はい。健康診断書はお持ちですか」

竜介は信用カード入れに、数日前に受診した人間ドックのカルテ控をはさんでいたことを思いだした。コンピューターのシリアル・プリンターから打出された独特の書体で書かれたものだった。

「これでいいだろうか」

定期診断を数日前に受けていたということの幸運を神に感謝したいような気持だった。

「けっこうです。このチケットを乗船されるときにお渡しください。すでに、搭乗はおこなっておりますから。F—八〇ゲートです」

チケットを受けとると、F—八〇ゲート行きの地下電車の改札口へ、竜介は走った。走って、走って、動悸が鳴り、息苦しさもかまわず、それでも走り続けた。出発に遅れることもないだろう。だが、それでも走らずにはいられなかった。

電車はすぐに、航宙船地下ゲートへ導いた。エスカレーターに乗りかえ、搭乗口まで昇るエレベーターへ乗りかえる。

航宙船の中は、神経の高揚を鎮静させる五音階の単調なメロディーが流れていた。竜介はスチュワードの案内に従って一つの寝台に横になった。低い天井の一部がスクリーンとなり、今は失われてしまったはずの地球の自然が映しだされている。風になびく広大な草原、白い雪に覆われた連山。そして、透きとおるような青空の下の広大な海原。

　これで〝ライジング・オニオン〟まではたどりつくことができる……。大自然の虚像を眺めながら竜介はそう考えた。しかし、果して〝ベグ・ハー・パードン〟まで行くことができるのだろうか。もし行けたとしてもあいつに出会える確率はどのくらいあるというんだ。あと二年も約束まで間があるというのに。それにあと二年後になっていたとしてもあいつが俺に会ってくれる保証なんて何もないのだ。あれだけひどい裏切りをやっている。

　スチュワードが携帯用の人体スキャナーを持って竜介の横に立った。

「最終チェックをやっておきます……。少々血圧が高いようですが。あとは異常ないようです」

「搭乗手続のところから全力疾走したから。すぐ治まると思うけれど」

　スチュワードは納得したようにうなずいた。

「ちょっと待ってくれ」竜介は思いなおしたように言った。スチュワードの言葉から、竜介は妻を連想したのだ。「ちょっと、このごろ血圧が高くなってるんじゃありませんか」美梨子が人間ドックのカルテ控を見ながらそう言っていたことを思いだしていた。

「保険を、かけてもらえるかね。宙航保険だが」

「はい。希望の期間をどうぞ。それから、お客様の住所と生年月日。あ……それから保険金の受け取りは法定の相続人ということになりますがよろしいですか」

「法定の相続人というと……」

「奥さまがいらっしゃれば奥さま。子供さんがいらっしゃれば……」

「わかった。わかったよ。それでいい……」

掛金は地上でのそれと違い法外なものだった。しかし、手続を終え、再び寝台に横になったとき、竜介の胸にしこりとして残っていたものが、いくぶん軽くなったようだった。だが、それで安堵感が得られたというわけでもなかった。

――美梨子。すまない。この宙航は自分が人間としてやっておかなければならない最小限の償いと思うんだ。

出発までの二時間は竜介にとって永遠の時間のように思われた。自然と手のひらが汗ばんでくるのだ。〝ライジング・オニオン〟まで辿りつくのはいい。そこから、〝ベグ・ハー・パードン〟までどうやって行けばいいのだ。〝ライジング・オニオン〟はいったいどんな星だったのだろう。そこから連絡用の宇宙定期艇でも出ていればいいのだが……。

船内に「蛍の光」が流れはじめた。

「あと五分で、本船は地球を離れ、〝ライジング・オニオン〟へ向けて飛行を開始します」

航宙船は大型の輸送用機によって、大気圏外へ曳航され、亜空間航法にうつることになる。

スチュワードが再び竜介の横に立った。

「その小箱は危険ですのでお預りしましょうか」

竜介は首を横に振った。「いや、その必要はない。脇でしっかり持っておくから。……今の俺には命より大事な品なんだ」

スチュワードは肩をすくめて立ち去っていった。

小箱を竜介が握りしめたとき、艇内に流れていた音楽のボリュームが下がりはじめていた。寝台の照明が消えた。

背中で震動を感じたとき、竜介は自分が高所恐怖症であったことを思い出していた。軽い圧迫感が続き、いま自分は地上を離れ上昇を続けているのだと実感していた。

壁の外には何もないのだ。

あの〝ベグ・ハー・パードン〟を離れ、地球へ美梨子を連れて帰ったときも、上昇中の宇宙船の中で何度も叫び出したい衝動に襲われたのではなかったか。もう二度と宇宙船なぞ、乗りはしないぞと考えたのではなかったか。何故、俺は再び宇宙船に乗っているのだ。

それから、竜介は何も考えないようにと思念を打ちはらった。考えれば迷いが生成される。今までの人生がその繰り返しだったのだから。

〝ライジング・オニオン〟までの十五時間は他のことを考えるべきではない。達也のことだけを考えていればいい。

達也。達也だ。

竜介の身体中に再び、悪寒《おかん》がまとわりつきはじめた。真綿で全身をくるまれたような息苦しいほどの悪寒だった。

竜介は思わず身を起こした。

船窓からの光景は漆黒の闇だった。

「本船は地球の引力圏を脱し、独力で太陽系内の航宙を続けています。五分後に亜空間航法《ハイパードライブ》に移り、くじら座UV星系へ転出の予定です。亜空間航法時には、肉体的影響はございませんが、航法中に思考上の影響が現出することがございます。時間感覚の喪失、厭世感、脱力感、離人症傾向、分裂的感覚を伴うことなどの現象です。これは、あくまで亜空間航法時の現象の一つにすぎませんので御心配は無用です。但し、万一の場合を想定し、乗客のみなさまは亜空間航行中はベルトをお付けの上、寝台でお休み頂くよう、お願い申しあげます……」

船内のアナウンスが抑揚のない声で告げた。亜空間航法の注意事項を知らせているのだ。これらの精神衛生に関しての問題は亜空間航法をとる際には避けられない必要悪となっている。後遺症は残らないし、航行時間の圧倒的短縮をえることができるのだから、その程度の弊害は容認せざるを得ないというのが、亜空間航法のたてまえとなっている。

竜介は再び、身を横たえた。他の乗客たちはどういう反応を示すのだろうかと興味をおぼえたが、他の乗客とは完全に隔離されているから、竜介にはわかるはずはない。亜空間航法中の乗客同士のトラブルを避けるためであろう。

「亜空間航法移行三十秒前」

しばらくして、竜介の身体を小刻みの震動が襲った。船窓から虚無の色が顔を覗かせた。透明を脱色し、極限に至った色だった。

亜空間に突入したのだと竜介は思った。

小さなルーム・ランプの灯を竜介は凝視していた。ランプは竜介の視線の中で膨張を続け、光度を増し、周囲全部を覆い終えた。

これは現実じゃない。亜空間の幻想なのだ。そう竜介は呟き続けていた。

光度は増し続け、竜介は、耐え切れず眼をつぶった。しかし、光は海となって竜介の視界から離れようとしなかった。

竜介は首を振った。

すると、光の海の中で揺れ動くものが見えた。眼をこらすと、人影ということがわかった。近づいてくる人影が、それは懐かしい人物であることに気づくのに時間はかからなかった。

白衣を着た男は若き日の竜介だった。三十九年前の竜介だった。竜介がもう一人の若い男と歩いていた。背の高い、肩幅の広い、胸の厚い、陽焼けした、総ての面で竜介と対照的な男だった。

達也だった。

達也はUBHPで同じゼミをとった学生だったのだ。

「いいやつだった。すごくいいやつだった」

竜介は虚像をみつめながら溜息をついた。

達也と竜介自身が眼の前を通り過ぎて行った。

もう竜介の眼には何も映らなかった。しかし、竜介の記憶内部で、達也に関する思いでが増殖しはじめていたのだ。

竜介が、初めて達也の恋人であった美梨子を紹介されたときのこと。達也が、はにかみながら、おずおずと美梨子の名前を呼んだ仕草。そして、UBHPの実験室で、ワインの醸造について意見を闘わせあったひととき。二人とも、ワインに人生を賭けよう……そう誓いあっていたのだ。UBHPの小さな葡萄園でとれた糖度の高いぶどうで作った白ワインを、四十年後の同じ日に同じ場所で飲もうと約束した……。

「達也とは親友だったんだ」

そう口にして、後悔が堰《せき》を切ったように竜介を襲った。

あの頃の美梨子は確かに美しかった。魅力的で機知にも富んでいた。しかし、親友の恋人を奪うほどの権利を自分は持っていたのだろうか。そう竜介は思った。

美梨子は自分についてきてくれた。自分に正直に行動するにはこれしか道はない……その時点では竜介はそんなふうな考え方しかできなかったのだ。

美梨子を連れて逃げるように、〝ベグ・ハー・パードン〟を発ったのだ。

三十八年まえのこと。

「いいやつだった」

そんなことを言う資格が自分にはないのだということを、三十八年間、思い続けてきたのだった。友情を代償にしてまで成就した愛に値打ちがあるのだろうかと。

竜介は、いつの間にか、そのようなおもいでを意識の裡から排除している自分に気づかなかった。ただ、何やらわけのわからない罪悪感だけが肥大化していくのを感じていた。それは、自分が幸福への道標《マイルストーン》へ辿りつくたびに大きく育っているのだ。

達也とは妙に気があった。竜介より総ての点で少しずつ勝っていたが、竜介は別に気にせず、また達也も、相談ごとを持ちかけていた。二人とも、おおらかで、楽天的な学生さんだったのだ。ただ、一つの違いとしては、竜介が地球生まれで、達也が〝ベグ・ハー・パードン〟生まれだったということだろう。

美梨子を達也から、恋人として紹介されて地球へ出立するまでには二ケ月しかかからなかった。

それから、竜介は美梨子を愛し続けてきた。と、同時に後悔の日々がはじまったのだった。

竜介も、また美梨子も日常の会話の中で、達也について触れることはなかった。竜介と同様に美梨子にとっても罪の概念が大きな存在として彼女の心の中を占めていたのかもしれない。しかし、竜介はそれを確認することはやらなかった。

美梨子はわかっていたのだろう。竜介が、〝ベグ・ハー・パードン〟へ行くと言ったときの気持を。美梨子は総て理解していたに違いない。竜介が何のために行くのか美梨子は察し、一言も質問を投げかけなかったのだ。

竜介は友情を、美梨子は愛情を代償に獲得した幸福なのだ。竜介がその上で、安穏としていられるほどふてぶてしい人格を備えているとは自分では思えなかった。また、そのとおりだったのだ。

再び、達也の幻影が現れた。

達也は何も話しかけず、竜介を凝視していた。

「もう、みつめないでくれ」

数回、竜介は繰り返して言った。達也は現れた時と同じく、薄くなって消失した。

それから、竜介は眠りについた。

浅い眠りで、何度となく竜介はうなされ続けた。それは三十数年間、竜介が見続けてきた夢で、後悔の幻獣が彼を攻め続けるというお馴染みのものだった。

軽い偏頭痛を伴って、竜介は覚醒した。

小さなルーム・ランプが見え、船窓には見知らぬ宇宙の星々が浮かんでいた。

亜空間航法を終えたらしかった。

竜介には時間の経過がはっきりと摑めなかった。ただ、〝ライジング・オニオン〟の到着まで、あと三時間十五分というデジタル表示で、そんなものかと思うだけだった。しばらくは、偏頭痛のために放心状態を続けることができた。少なくとも、他のことを考えずにいられる。そう竜介は呟いた。

身体を寝台の壁にもたせかけて、頭をかかえこんでいる時だった。

「乗客の皆様にお知らせいたします」

船内アナウンスだった。亜空間を通過したことの連絡だろうというくらいに竜介は考えていた。

「本船は、現在、亜空間航法を終え、くじら座UV星系にあり、〝ライジング・オニオン〟まで約三時間の地点を航行中です」

そうだろう、急いでやってくれ……竜介は呟いた。やっと偏頭痛が治まりかけていたのだった。

船内アナウンスが続いた。

「今、〝ライジング・オニオン〟より入りました連絡によると、〝ライジング・オニオン〟全宙港は、〝ベグ・ハー・パードン〟の脱出船受入れのため、一般及び定期航宙船の着陸が一時的に麻痺している状況です。このため、本船は現地点で停船し、着陸可能時点まで待機することになります。万が一、このまま〃ライジング・オニオン〃に着陸できない場合、地球へ引返すこともありえますので御了解をお願い申しあげます」

一瞬、竜介は虚をつかれたように呆然とした。

「一時間後に新しい情報をお伝えします」事務的な口調だった。アナウンスは終了し、その後、何も告げようとしなかった。

竜介はスチュワードを呼びだし、詳細を問合わせたが、返ってくるのは船内アナウンスと大差ない答ばかりだった。

それからの一時間、竜介は拳を握りしめ、祈るような気持で過ごした。ときには叫びだしたくなる衝動にかられ、歯をくいしばって永遠とも思える一時間を過ごしたのだった。

唐突に船内アナウンスが響いた。

「〃ライジング・オニオン〃の全宙港は、〃ベグ・ハー・パードン〃よりの避難船のため麻痺が続き、着陸不能です。宇宙省では、この事態について、〃ベグ・ハー・パードン〃よりの脱出業務を緊急最優先に指定しましたので、本船は〃ライジング・オニオン〃の着陸が不可能となりました。つきましては、本船はただいまより地球へ引返します。大変、御迷惑ではございますが、よろしく御協力のほど御願い致します」

竜介が、その意味を悟るのに数分かかった。信じられなかった。宇宙船は〃ライジング・オニオン〃へ着陸しないのだ。

「嘘だ」

竜介はそう叫んで、壁を拳で何度も殴り続けた。皮が破れ、血が壁にこびりついていた。自分が〝ライジング・オニオン〟から数時間の距離にいるのに地球へ帰らねばならないという理不尽さと、もどかしさで他にどんな行動をとっていいのかわからなかったのだ。

竜介は個室を飛び出した。スチュワードを探そうとしたのだ。だが、彼の眼が、「非常脱出路」と書かれた矢印のプレートを見たとき、その行動目的を変更した。

「短距離航宙用の宇宙《スペース》ボートがあるはずだ」

宇宙船事故発生時における緊急脱出用の小型宇宙ボートを搭載しておくことが義務づけられていることを、竜介は思いだしたのだった。これは亜空間航法をとるすべての遠距離宇宙船にとっても例外ではないはずだ。

矢印を追って、竜介は船内の通路を走った。駆け昇り、駆け降り、入り組んだ矢印の指示を呪いながら走り続けた。この宇宙船の大きさはどのくらいのものだったろうという疑問が、初めて湧きはじめた。その宇宙船の外見を竜介が確認していたわけではないのだ。

年齢のせいだろうかと自分の肉体を呪った。足がもつれはじめていたのだ。吐息に甲高い笛のような音さえ混っていた。

「今、宇宙船が引返したら水の泡だ」

精神力だけが竜介を走らせていたのだ。

身体が瞬間的にバランスを喪失し、倒れこんだ。

「しまった」

老人は右手に抱えた小箱をかばうように倒れこみながら身をすくめていた。左足の激痛よりも、小箱が無事であったことに安堵しながら、立ち上ったのだ。

竜介はもう走れなかった。しかし、そこが終点だったのだ。矢印がそう示していた。

「誰だ。そこで、何をしている」

野太い声が聞こえた。非番の航宙士の一人らしかった。竜介は宇宙ボートへ乗組むためのピットに足をかけていたのだ。

「やめろ、自殺行為だぞ。宇宙船はいま動き出そうとしているとこなんだぞ」

竜介は航宙士の言葉を無視してコクピットに座った。

航宙士は船長に連絡しているらしかった。

「しばらく、機関始動を待ってください。狂人が一人、宇宙ボートに……」

竜介はピットの開閉部を閉じた。緊急脱出用の宇宙ボートだから、操作はいたって簡単なのだ。

離脱ボタンを押すと、ボートは弾かれたように宇宙空間へ飛びだした。

スクリーンに〝ライジング・オニオン〟の緑色をした大地の全貌が広がっていた。

〝ライジング・オニオン〟着陸まで、宇宙ボートで七時間かかっていた。

宇宙ボートの機能として、当面の危機的状況を回避するだけのものしか持ちあわせていない。だから、もよりの惑星に着陸するか、宇宙船からできるだけ遠ざかれるだけの燃料しかないわけだ。危機を脱したら、宇宙空間か、着陸した惑星で救援信号を送り続けること程度しかできない。

一時は「このまま、〝ベグ・ハー・パードン〟まで飛んでしまおうか」と考えた竜介だったが、操作マニュアルを読みながら、一応〝ライジング・オニオン〟へ着陸するしかないと諦めたのだった。さいわい、宙港の一つに目立たないように着陸できたのだ。小型の宇宙ボートはそういうメリットがあったわけだ。しかし、いくら〝ベグ・ハー・パードン〟からの脱出船受入でハード・ワークになっているとはいえ、管制塔の眼をくぐることはできないはずだから、状況を調査にすぐ人がやってくるだろう。そう考えた竜介は宇宙ボートから飛び降り、〝ベグ・ハー・パードン〟からの避難民の雑踏の中へ駆けこんだ。これ以上、時間的余裕はないのだ。案の定、宇宙ボートの着陸した地点あたりへ、奇妙な形をした乗物が甲高い音を鳴らしながら走っていくのが見えた。

竜介はまず、宙港のインフォメーションへ行くことを考えた。〝ベグ・ハー・パードン〟の状況を確認し、もし、まだプレ・ヘリウム・フラッシュが始まっていなければ、何とか、宇宙船をチャーターしようと単純に考えていた。

しかし、傭船は不可能だろうという恐れも常につきまとっていたのだ。定期宇宙船は少なくとも無理だった。インフォメーションに尋ねるまでもなく全便欠航の掲示が各所に貼りだされていたからだ。

「BHPはあとどのくらい持つのかしら」

「さあ、フレアの膨張が活発化していると聞いたから……あと持って三日だろうな」

竜介の横でしゃがみこんだ中年の男女が途方にくれたように話していた。〝ベグ・ハー・パードン〟からの難民らしかった。

「あと三日」

とすると、命しらずの〝宇宙よろず〟《スペース・ジョブ・サービス》に頼むしかないな。そう竜介は思った。〝宇宙よろず〟は金さえ積めば、宇宙空間におけるサービス業務はどんな危険なことでもやってくれる。そして、辺境の宇宙空港には、必ずその出先カウンターがあるはずだった。〝宇宙よろず〟を探そう。いくらかかってもかまわない。〝ベグ・ハー・パードン〟へ輸送してもらうのだ。

〝宇宙よろず〟のカウンターはすぐに見つかった。筋肉を盛りあがらせ、満面を髭で装飾した精悍な男が頬杖をついて、所在なげに座っていた。

竜介は左足を引摺《ひきず》りながらカウンターに近寄った。カウンター迄の距離が異常に遠く感じられたのだった。

「〝宇宙よろず〟だね」

カウンターの男は分厚い唇を三日月のように裂いて笑ってみせた。

「へえ。さようで。宇宙内の揉めごとから、自家用宇宙艇のメンテナンス、引越しサービスまで、頼まれれば何でもやっておりやす。宇宙空間の御用でしたら何でも仰せつかりますぜ。たとえ、火の中、ブラック・ホールの中」

そうかと竜介は安堵した。やや饒舌《じょうぜつ》気味のキャッチフレーズのようだなと竜介は思ったが、確かに〝宇宙よろず〟の男の話術は頼もしさを感じさせる種類のものだった。

「ぜひ、お願いしたいことがある」

竜介の声は何故か嗄れたような音質だった。

「へえ、何でも承りやすよ」

男は身を乗りだした。予想外の大男だった。

「わたしを〝ベグ・ハー・パードン〟まで連れて行って欲しいのだ」

男は椅子に再び腰をおろしていた。

「宇宙旅行でしたら、旅行代理店に頼みなさいよ。そりゃあ、受持ちが違う」

「それは、わかってる。しかし、〝ベグ・ハー・パードン〟行きは現在一本もでていない。だから、頼んでいる」

「しかし、……あの貼紙を御覧になったでしょう。〝ベグ・ハー・パードン〟はルイテン892のフレアをもろに受けようとしてるんですぜ。ビッグ・ヘリウム・フラッシュが今にもはじまるかも知れないんだ」

　これが〝宇宙よろず〟の料金交渉の際のかけひきであることを竜介は願っていた。

「今、たとえ火の中、ブラック・ホールの中と言ったばかりじゃないか。どんな危険作業もいとわないのではなかったのか。料金は、はずんでいいよ。プレミアムをつけてもかまわない」

　髭面の大男は、両手を広げて首を振る仕草をくり返すだけだった。

「そりゃあ、ものの喩えというやつですよ。幾ら金を積まれたところで無理なものは無理ですぜ。〝ベグ・ハー・パードン〟へは、航宙緊急規制法の適用で、いかなる理由があろうと近寄れないことになってる。いくらお客さんの要求であろうと、引受ければ法律破りの犯罪者になっちまうんだ。じいさん、かわいそうだが、こればかりは無理だな」

「頼む、会わなきゃならん奴がいるのだ」

　大男はもう一度、大きく首を振った。

　竜介の膝から、力が脱け出ていくようだった。仕方なく、カウンターに背を向けるしかなかったのだ。

「万策つきたのか」

　竜介は一人ごちた。足を引摺りながら、これは刑罰なのだと思っていた。達也へ対しての仕打ちからすれば許されるはずのない拷問を今、自分は受けているのだと思っていた。

「人探しだったら、難民受付所へ訪ねてみるこった。もう、脱出してるかもしれないぜ」

大男の声が背後でした。そうだ。まだ、その可能性が残されている。

難民受付所へ至る通路に大鏡があった。竜介はその前を通る際に己れの姿に驚いていた。この数日間で、老いが激しく進行していたのだ。自分のちっぽけな姿に惨めさだけを感じていた。

「罰だ」

竜介は、難民受付所で達也の名前を告げた。〝ライジング・オニオン〟の到着リストの中では見あたらず、次に端末器による照会を依頼した。他の星に脱出していれば、わかるはずだということだった。端末器は竜介に、〝該当名は存在しません〟と告げた。

竜介はその場に崩れるようにへたりこんだ。

今、すべての希望が絶たれたことを思い知ったのだ。

「竜介。竜介じゃないか」

自分のことを呼ばれているとは思えず中々反応できなかったのだった。その声はたしかに竜介の名を呼んでいた。ゆっくり振りむいてみると、作業服に身を包んだ見知らぬ老人の姿があった。

「そうだな。やはり竜介だ」

竜介はうなずいた。

「恵三だよ。UBHPで一緒だった」

そう老人は告げた。竜介の記憶の古いファイルの中の一つの顔が眼前の老人とようやく結びついた。

「恵三……か。何年ぶりかなあ。何やってるんだ。こんなところで」

「竜介こそ……おまえ地球に帰ってたって聞いてたけれど、何故ここにいるんだ。俺は、〝ライジング・アイアン航宙運輸〟をやってるんだが、〝ベグ・ハー・パードン〟脱出にかりだされちまってさ。まだ、残ってるやつがかなりいそうだという話でな。今からひとっ飛びしてこなくちゃならない」

竜介は跳び起きた。

「今から〝ベグ・ハー・パードン〟へ行くのか」

その気迫に呑まれたように恵三という老人は「ああ」と眼を白黒させながらうなずいた。

「連れていってくれ。〝ベグ・ハー・パードン〟へ。どうしても行かなければならない」

竜介は必死に頼んだ。恵三の服を摑み、すがることだけが、今の竜介にできることだった。

「達也に会いに行くんだな」

恵三が言った。竜介はうなずいた。

「達也には十年前に会ったよ。〝ベグ・ハー・パードン〟で。おまえが地球へ帰ってしばらくは噂だったからなあ」

竜介は言葉につまった。それから絞りだすように言った。

「達也に詫びる。それに達也と約束していたことを果たさなきゃならない」

暫《しばら》く、沈黙が続いた。それから、恵三が思いきったように言った。

「よし、あとは何も聞かん。俺の船でよかったら乗れ。ただし、命の保証はできないぞ。俺たちも、命懸けで救助にでかけるんだからな。一時間後に出発する。ついてこいよ」

「すまん」

恵三の『ソロモン・グランディ号』の中で竜介は横になっていた。

「あいつは、まだワイン造りをやってるぜ。十年前から変わってなきゃな」

隣で、恵三が言った。

「何か、俺のことを話してたかい」

竜介は恐れながらそう言った。恵三が睨みつけるような眼で「いや」と答えた。

馬鹿な質問をしたと竜介は後悔した。恵三に限らず自分は誰から軽蔑されても仕方がないのだと自答していた。

それ以上、二人の間で会話が続こうとはしなかった。達也と再会しても多分このような状態なのだろうか。そう竜介は考えた。自分が罵られるのはいい。それは覚悟している。殺されても仕方がないだろう。しかし、達也にとって竜介を罵ったところで殺したところで、忌《いま》わしい過去の傷を思いだすだけではないのか。自分の罪の意識を失くすためだけに達也に会って懺悔《ざんげ》をやるというのはエゴにすぎないのではないか。そんな混沌とした断片的な思考が竜介の頭の中で渦巻いていた。

亜空間航法を終え、〝ベグ・ハー・パードン〟は『ソロモン・グランディ号』の眼前にあった。

〝ベグ・ハー・パードン〟の人類居住地区はそう広いものではない。人口は二千万人程度のものなのだ。居住地区は、今、昼の部分にあった。

『ソロモン・グランディ号』が着陸すると、恵三老人は竜介に耐熱服をさしだした。

「五時間後には出発する。それがぎりぎりのタイムリミットだ。いつ、フレアが地表を舐めつくしても不思議じゃないんだ。今、大気温度が五十度だ。これを着ていかなければ脱水症状を起こしてしまう。俺たちは、逃げ遅れた人たちを拾い集めるから……。しかし、竜介が、達也に会える可能性は、浜辺で針を探すようなものなのだぞ。とにかく五時間後には帰ってきてくれ」

竜介はうなずいて耐熱服を受け取った。

「しかし、後生大事に抱えているその箱は何が入ってるんだ」

恵三は不思議そうに竜介が右腕に抱えた小箱を指して尋ねた。

「これか。これは達也との約束の品さ」

竜介は〝ベグ・ハー・パードン〟の大地に立った。空を見あげると、ルイテン892が炎を舌のように伸ばした姿が眼に入るだろうと思ったが、とても直視する気にはなれなかった。

街並みには記憶があった。青年時代を過ごした思い出の街並みに、今、立っているのだった。ただ記憶の街並みと違うのは、現在の風景には人影が存在していなかったことだ。

竜介は無人の舗道をゆっくりと歩き続けた。高熱を伴った烈風が道路に吹きすさんでいた。

遠くで煙が上っていた。火災かもしれなかった。誰も消すものはいないだろう。いずれフレアの炎で総てが焼きつくされるのだろう。

建物の一つから人影が見えた。

若い男女が飛び出してきた。

「達也。美梨子」

一瞬、竜介はそう思った。しかし、それは錯覚だった。

「救助にこられたんですか」

逃げ遅れた男女だったのだ。竜介が『ソロモン・グランディ号』の着陸位置を知らせると、男女は礼を言い走り去っていった。

竜介は男女を見送ると、足を大学のキャンパスへ向けた。歩いて二十分ほどの距離だったろう。達也はまだワイン造りをしていたと恵三に聞いたが、その場所を竜介は知らない。自然と大学に足が向いたのだった。

キャンパスの中で、あてもなく彷徨《さまよ》った。そして、約束を交わしたＵＢＨＰの小さな葡萄園の棚の下に腰をおろしたのだった。

　誰もいなかった。

「誰もいるはずがない。約束の日まであと二年もあるんだ。ましてや、裏切りをやるような友との約束だ。来てくれるはずもないさ。何の確約もないんだ」

　ぶどうの葉は熱のため枯れ果てていた。いっそのこと、このままフレアに灼かれてしまいたいと思っていた。と、同時に、達也がうまく脱出してくれていればいいと願っていた。

「それで、罪ほろぼしになるだろうか」

　竜介は大地の上に大の字になった。頭部の耐熱服を脱ぐと頬の汗が蒸発していくのがわかった。大きく一つ溜息をついた。

「結局、自分は屑だったのか」

〝ベグ・ハー・パードン〟までの距離も、竜介にとって意味のないものに変わっていた。

　静寂だけがあった。

　突然、竜介の頭上で声がしたのだ。

「馬鹿だなあ。竜介、こんなときに来やがって」

　竜介が眼を開くと、そこに懐かしい顔があった。達也だった。達也の顔が笑っていた。竜介は慌てて身体をおこした。

「達也」
・

達也は竜介の横に腰をおろした。達也も竜介と同じように老けこみ、頭も白いもので覆われていた。しかし、憎めない童顔の笑い顔だけは少しも変わっていなかった。

「恵三から連絡を受けたのさ。竜介が、〝ベグ・ハー・パードン〟まで、俺に会いに来てるってな。それでおまえが立寄りそうなところと思ってやってきたのさ。何でこんな時にきたんだ。いつへリウム・フラッシュが始まるか、わからないんだぞ。ばあか」

学生時代と少しも変わらない口調だった。竜介は口籠もりながら答えた。

「あ……謝りにきたんだ。あんなふうにして、おまえの前から姿を消しただろう。それで……」

中々うまく言葉になってでてこないのだ。

「……どんなに罵られてもかまわない。しかし、気がすまなかったんだ。あんな裏切りをやって……」

達也は戸惑ったように首をひねってみせた。

「そんなことはいいさ。もう何とも思っちゃいない。そりゃあ、おまえ達がいなくなってしばらくは悩んださ。恨みもした。しかし、美梨子から、……いや奥さんから手紙を貰った。それで諦めがついた。奥さんは俺に謝罪していた。いや、そんなことはどうだっていい。それより重要なことは、美梨子は……俺よりも竜介のほうを愛してたっていうことなんだ。おまえが、無理矢理さらっていったわけじゃあるまいし。とすれば、俺が介入する余地はないはずじゃないか。美梨子は俺の所有物だったわけじゃない。あいつはあいつで自由な選択のできる人格を持っているんだ。仕方がないことじゃないか」

「美梨子が手紙を……知らなかった」

竜介は初耳だった。達也は表情を変えるでもなく淡々と話していた。世俗を超越した表情だった。

「おまえが、謝る必要は何もない」

そう言って達也は笑顔をむけた。竜介はうなずき、しばらく放心したように沈黙した。それから言った。

「おまえは〝ベグ・ハー・パードン〟を脱出しないのか」

「するさ。しかし、まだ、俺はワイン造りをやっている。移住するとしても、ぶどうの栽培できる星でないとな。それに……俺も妙に予感がしていた。奇妙なことだが、もう一度おまえに会える予感がして逃げだす気になれなかったのさ。それが適中しやがった」

二人は声を合わせて笑った。

「永かったな」

竜介は声にならない呟きを漏らしていた。〝ベグ・ハー・パードン〟までの距離。それ以上の達也に再会するまでの時間的永さ。

「ほんとうに久しぶりだ。しかし、老けたな」

達也が竜介の背を叩いた。

「じつは約束も果たしておこうと思ってな」

竜介は小箱を差しだした。

「憶えているか。三十八年前の約束を……。この中に入っている。約束には二年ほど早くなってしまったけれど」

「そうか。この中か」

達也は小箱の中から瓶をとりだした。竜介と達也が二人で仕込んだ白ワインだった。薄い琥珀色の透明な液体が中で揺れていた。

「俺たちの試作、第一号だったなあ」

「ああ」

「やるか」

竜介が小箱からワイングラスをとりだした。

「小箱の中は温度を十度に保っていたから急いで飲んだほうがいい」

達也は寂し気な笑いを浮かべてみせた。

「あの時のワインか。……実はおまえが、あれからこの星にいなくなって、その後わかったことなんだが、この星の酵母には特殊な作用があるんだ。瓶中で二次発酵をおこしたあと、数十年後に第三次発酵をおこすんだ。味はよりまろやかになるが、その際、一様の幻覚作用をもたらすらしい。どんな副作用かはわからないが、データだけでわかってることなんだ」

「……」

「いや、飲もうよ。飲んでみようぜ。せっかく竜介が地球から運んできてくれたんだ」

達也が小気味よい破裂音を響かせてコルクを引抜いた。二人は三十八年前にもどったのだ。

グラスを持ち、ワインを注ぎあったが、言葉は交わさなかった。

「竜介、乾杯だ。……何に乾杯しよう」

達也の友情に……竜介はそう言いたかった。しかし、喉から言葉がでようとしないのだ。

ここへきてよかった……。竜介はそう実感していた。

「じゃあ、とりあえず再会を祝して」

「再会を祝して……」

グラスを鳴らし、ワインを口に含んだ。竜介の舌の上で、甘酸っぱいが、こくのある、気品に溢れた味が、芳醇な香りとともに広がっていった。

忘れていた味だった。それは竜介の青春の味だった。

「うまい」

「うまいなあ、もう一杯」

無人の葡萄園に熱風が吹き、二人の頬を刺した。

遠くで声がした。

「急げ、フレアが。フレアが拡散……」

竜介は再び、ワインを口に含んだ。


「風邪を引きますわ」

肩を揺すられて、竜介は頭をあげた。テーブルの上だった。

「ここは。家なのか……。〝ベグ・ハー・パードン〟じゃないのか」

「ルイテン892はヘリウム・フラッシュをおこしたそうですわ。ニュースで言ってました」

美梨子は卓上のワイングラスを片付けながら、そう竜介に告げた。

「しかし、私は〝ベグ・ハー・パードン〟へ出かけたはずじゃなかったのか」

美梨子は大きく首を振っていた。

「今日はいつもよりお酒の量が多かったみたいだから……。夢を見られていたんではありませんか」

夢だったのか……竜介は信じられない思いだった。あんなに鮮烈な記憶があるのに。

竜介は左足のいたみに、その時気がついた。それから袖の部分の焦げ跡。間違いない。

自分はやはり今、〝ベグ・ハー・パードン〟にいるのだ。この美梨子や、自分の部屋は幻覚にちがいない。達也が、ワインを飲む前にそう言ったではないか。

「夢を見られたのですわ」

美梨子がもう一度、そう言った。

ひょっとすれば美梨子のいうことが正しいのかもしれなかった。しかし、自分が、〝ベグ・ハー・パードン〟にいるはずだという考えも否定できなかった。

「みんな幻だったのかもしれない」

そうだ、幻なのかもしれない。とすれば、幻覚から醒めるまで、美梨子との暮らしを続けていくべきだろう。竜介は、そう思った。

多分、人生など、そんなものだ。後悔の幻の中で生きてゆく……。

竜介は、一瞬、鋭く突き刺すような光を見た。

ファース・オブ・フローズン・ピクルス

タキオン通信って知ってますか。あんな通信法が開発されていなかったら、ぼくも、こんなに思い悩むことはなかったのにと思うのです。

ぼくのいる惑星〈フローズン・ピクルス〉はヒヤデス散開星団の恒星〈サブ・ピット〉の六番目の惑星で開発途上星とでも呼べばいいのでしょう。まあ早い話が、資源には恵まれてエネルギー源だらけの星で、住んでいるのが五人っきりというところ。ぼくも含めたその五人の住人とは実はぼくの家族なのです。祖父、父、母、ぼく、それから妹。

ここは銀河文明の辺境で、太陽系から百三十七光年も離れています。

で、ここでぼくの家族が何をやっているのかというと、地球へ資源を送り続ける作業に従事しているのです。いや、資源の採掘や発送の物理的作業は産業ロボットやその他の機械群がやってくれるので、採掘状況の管理やハード・ウェアの保守といったところ。祖父は二十五年前に〈プレイ・イツ・アゲイン・サム〉の第二惑星〈ポーカーフェイス・ボギー〉から死んだ祖母、それに新婚の父と母を連れてこの〈フローズン・ピクルス〉へやってきたのです。ここでぼくは生まれました。それから妹も。だから、ぼくたち兄妹は、この星以外の世界というものを知らないわけです。

父も、祖父も、そしてぼくも、〈メジャー・ユニヴァース〉の一員なのだそうです。

〈メジャー・ユニヴァース〉というのは巨大宇宙エネルギー資本といえばいいのかな。発掘精錬《アップ・ストリーム》から運搬供給《ダウン・ストリーム》まで、宇宙各地に点在する星系文明における、あらゆる種類のエネルギー需要に応えている。そんな宇宙の社会機構が、いいことなのか悪いことなのかは、よくわからないけれど、ぼくらの家族が、〈メジャー・ユニヴァース〉のほんの顕微鏡的部分の仕事に従事しているのは間違いのないところです。で、この星で発掘されたエネルギーは地球に向けて発送されるんですが、いちばん運賃コストの安い経済速度で送りだされるから、地球で、この資源が利用されるのは二百六十年後ということです。だから、今日発送された資源が到着している頃は、ぼくはもう死んじゃってて、ぼくの玄孫《やしゃご》くらいの時代なのだろうな。

父は、毎日、その日の発送状況を地球へ報告しなければなりません。これは、祖父の前任者の頃から行われているという、まあ、一種の儀式みたいなものです。儀式という表現は語弊があるかもしれないけど、祖父の前任者という人が発送した資源の第一便は、まだ地球に着いてないんだよね。でも、地球では今後、五百年のエネルギー確保予測を常にたてておくことが必要なのだそうです。だから、父は毎日、地球へ三分間だけタキオン通信で発送実績を報告します。

ふつうの電波通信を使ったら、地球まで途方もない時間がかかっちゃうのです。「もしもし」「はいはい」っていう間に何百年もかかってしまう。だから、時間粒子を使ったタキオン通信法を使わなければ仕方がない。でも、この通信法はすごく高くつくらしいのです。だから、〈メジャー・ユニヴァース〉では三分間しか通信を認めないわけで。でも、この三分間は父にとって非常に貴重な時間らしい。地球の最新のナマのいろんな情報を吸収できるからです。

タキオン通信ってのが開発されているくらいだから、タキオン航法ってのがあると、資源の輸送もスピード・アップできるのにと思ったけれど、父に言わせるとタキオンの実用化は通信技術だけしかできていないそうです。

父が、ぼくの進路について相談したのが昨年のこと。ぼくは、子供のころから、〝おやじ〟と〝じいちゃん〟のやってることを見て過ごしてきたから、当然この星で大きくなったら働くんだと思っていた。だから、そう答えました。

「俺ァ、この星のことしか知らんし、この星を出ていこうとも思わんよ。俺、おらんようなったら、じいちゃんとおやじの仕事を誰が引継ぐんだよ。俺ァ、フローズン・ピクルスでしか死にとうない」

ぼくの返事は、あたりまえのものだったと思うのですが、祖父、父、母、妹、皆が、ぼくの周囲で感激のあまり声をあげて泣きました。

「それじゃ、あまりに大介が可哀相だよぉ。でも、うれしいよぉ」母も大声で泣きました。

いつのまにか、家族の話題は、ぼくの嫁とりの話に移っていました。

「大介も、地球の年齢でいけば、二十三歳だ。嫁を持たせても、もう、おかしくねぇど」

「そうだよ。大介が、フローズン・ピクルスに尻を据えるっちゅうのなら、嫁っこを持たせなきゃなぁ」

妹の拓子が一人、悲観的なことを口にしたわけで……。

「私なら、絶対、こんなところ嫁にきたりせんなぁ。兄ちゃんにはコブ四人ついとるし、娯楽も、ここには何ひとつないもんなぁ。こんなところへ嫁にくるっちゅうのは、よほどの物好きで……よぉ」

拓子は母に思いっきり引っぱたかれました。

「何を、馬鹿いっとるんじゃ。大介兄ちゃんなら、嫁にきたがる女は銀河に五万とおるよ」

ぼくは、正直いってそんなことはどうでもいいのです。しかし、妹のいってることのほうが、どうも真実に近いような気はします。

「ええよ。もうすぐ、生活物資を買いだしに行く。そのとき、〈ポーカーフェイス・ボギー〉から嫁を探して連れてきてやることにする」

父はこともなげに、そう言い放ちました。まるで、お土産を買ってきてやっから……そんな口調だったのです。

〈ポーカーフェイス・ボギー〉は〈フローズン・ピクルス〉から〇・一六光年。宇宙船で約二ケ月の距離にある〈プレイ・イッツ・アゲイン・サム〉系第二惑星です。商業星で、この近くの星系では一番華やかさを有した文明星と言えるでしょう。人口も約六億人、この星で私たち家族の生活物資を調達するのです。だから、数年に一度、半年くらいの間、父は〈ポーカーフェイス・ボギー〉へ定期的にでかけることにしています。

今年の初めに、父は〈ポーカーフェイス・ボギー〉に出発しました。もう三ヶ月にもなるでしょうか。「嫁とってくるぜぇ」と宇宙船に乗る前に大声で宣言して。別に、ぼくは、そんなことはどうだっていいのです。まあ、しかし、おやじの手前、「頼むぜぇ。別嬪《べっぴん》を」と一応叫んだのです。

祖父はもう少々〝ボケ〟が来ています。この星にきたときは、父を助手に、ほとんど二人っきりで資源開発施設を完成させたのだそうです。でも、寄る年波でしょう。少々見当はずれのことを急に話しだしたり、ぼくが言ったことを、何度も聞きかえすのです。ひどいときは晩飯を二度食ったりもします。最初の食事の記憶がないわけなのです。

「じいちゃん。第三鉱区の採掘状況を見てよ」

「ああ、父ちゃんが行ってるじゃろ」

「父ちゃんは〈ポーカーフェイス・ボギー〉だろう。ちょっとパネル見てよ」

「わかった。わかった。第一鉱区じゃな」

「第三鉱区だよ」

「そうじゃ。そうじゃ。ところで今晩の食事はなにかのう。他に楽しみがのうて」

「知らないよ」

「冷たいのう。第一鉱区は異常ないぞ」

「第三鉱区だってば。じいちゃん」

「あっ。第三鉱区じゃなかったのかい」

　祖父が、そんな状態ですので、ぼくのチェック業務は、かなりのハードなものになっていたのですね。祖父が歩きまわったあとまでチェックしてまわらなくてはいけなかったのですから。

　一日の仕事を済ませて、食後一服していると、通信室からブザーがなります。地球からのタキオン通信の呼出音のはずです。ぼくが子供の頃でしたら父が、〈ポーカーフェイス・ボギー〉に出かけているときは、祖父が地球への通信にでていたのですが、今の祖父の例の調子では、こころもとないわけです。それで、今回の父の不在に際しては、この地球ホットラインは、ぼくの担当にしてあるわけで……。

　通信室へ入り、ドアを閉めます。部屋のあかりを点《つ》け、データ類を揃え、それから、タキオン通信装置のスイッチをＯＮに入れればよいのです。そうすれば、いつものように、当年とって六十二歳のメジャー・ユニヴァース／ヒヤデス散開星団担当の通信士ゲンジロー・カワナベ氏の好々爺顔がスクリーン・パネルに大写しになるはず……。

憎まれ口の一つも叩こうと思ったぼくは、はっと息を呑みました。眼を皿のようにしてスクリーン・パネルを凝視《みつ》めたのですよ。

「こんばんは。こちらメジャー・ユニヴァース。ゲンジロー・カワナベ氏は昨日から無期限の入院生活にはいりました。フローズン・ピクルスとの通信は、従って私の担当となります。私はユミコ・Kっていいます。よろしく。あなたは」

ぼくは暫くぽかんとしていたにちがいない。ぼくのまえのスクリーン・パネルに映っている女性が……若い女の子が、実在している人物とは、現実の女性とは、とてもとっさには信じることができなかったのです。それは、ぼくが知っているどの女性とも違っていました。(といっても、実際に見たことのある女性というのは、死んだ祖母、母とそれに妹の三人だけだったんですが）父が、生活物資を買ってくる際に持ちかえるビデオ・ホログラフィディスクで登場する女性歌手や、女優たちとはあまりにイメージとして異なっていたのです。ぼくと同い齢《どし》ぐらいの顔だちでした。でも、眼もとが、すごく愛らしいのです。引きこまれてしまいそうな瞳をユミコ・Kは持っていました。

「あ」

焦りました。

「あ、あ」

喉に息がつかえているようなのです。

「あ、あ、あ」

気管あたりで、言葉が押しくらまんじゅうやっているようなのです。

「あ、あ、あ、あ」

何か言おうとするたびに眼球が剝きだしになっていこうとするのが自分でもわかりました。

「あ、あ、あ、あ、あ」

「どうしたんですか。通信開放時間はあと二分しかありません」

心配そうに、その女性は、ぼくを凝視めるのです。ぼくは、ぐっと唾を呑みこみました。

それから、やや吃り気味に、

「ぼく、ぼ、ぼく大介っちゅうんです」

それだけ言い終わると、顔中に血が這いのぼってくるのがわかりました。血液が耳たぶの先っぽの毛細血管まで激流のように押しよせてくるのです。ぼくは、もうたまらず、顔を伏せ、手もとにデータ群を引きよせました。

「採掘状況報告。第一鉱区十二万kg。第二鉱区十五万kg。第三鉱区四万kg。これは、ロボットのキャタピラ破損のため。修復は完了ずみ。第四鉱区……」

声がうわずっているのがわかるのです。自分の声が、何か別の機械で変換された音声のように聞こえているのですね。でも、そのときのぼくのできる反応といえば、ひたすら、データを読み続けることぐらいのものだったのですよ。

「次に発送状況。第一鉱区より第八鉱区分、七十四万kgはTU便の二〇二。第九鉱区より第十六鉱区八十一万kgはTU便の二〇三にて発送終了。射出は規定速度にて実施しています。以上」

そこまでを、ひたすら、ただひたすら読みました。読みあげた後、顔をあげられないのです。

それからユミコ・Kの優しい声が耳もとで響きました。

「ありがとう。あっ、もう時間だわ。今日はここまでみたい。じゃ、大介さん。また明日もよろしくネ」

ぼくは思わず顔をあげました。すると、ぼくの視界にユミコ・Kの微笑が広がっていたのです。

それから、その映像がはじけるように消滅したのでした。タキオン通信の終了です。

しばらくの間、ぼくは、呆然とそのまま座りこんでいたのです。まず「今、ぼくが見たものは、いったい何だったのか」それから次の疑問「なぜ、ぼくはああも照れてしまったのか」という素朴な考えでした。それでも、いろいろ分析していくうちに、やっと一つの結論を導きだすことができたわけで……。

ぼくは、地球にいるヒヤデス散開星団担当の女性通信士ユミコ・Kを好きになってしまったようなのです。非常に客観的な結論だったと思えますし、まがいもない事実であると確信しました。いわゆる〝一目惚れ〟という論理的解釈の余地のない、ほら、ほら、いわゆるアレであります。

ぼくは気をとりなおしました。今の通信記録のテープを巻き戻し、再生ボタンを押したのです。こんなことは初めてのことで。

「こんばんは。こちらメジャー・ユニヴァース……」

ユミコ・Kの笑顔が、画面いっぱい広がりました。さきほどの、形容しがたいまぶしいほどの微笑が蘇ったのです。

ぼくは反射的に眼を伏せたくなるのをこらえました。これはテープ映像じゃないか。なにもはずかしがることはないんだ。それからうろのきたぼくの声が続きます。それを聞いて小首をかしげながらうなずいているユミコ・K。ぼくは溜息をつきました。一回ではありません。ぶっ壊れた往復動コンプレッサーみたいに何度も何度も溜息をついているのです。テープが終わると、また巻き戻し、何回も再生をくりかえしました。

翌日はひどいものでした。つまらないミスをくりかえすのです。作業ロボットの自動継手部のオーバーホールをやって、どこの部品やらわからないネジを三個余してしまったり、母の連絡イヤホーンに最高ボリュームで話しかけてひっぱたかれたりというドジっぷり。考えまい、思いだすまいとしても、あのスクリーン・パネルのユミコ・Kの笑顔が頭に浮かんでくるのです。そうすると溜息が凸《ぼこ》っと出てくるのです。

「大介兄ちゃん。爺ちゃんの二の舞いじゃ。アホんなっとる」

　拓子のカンするどいなぁ。妹のせりふがぼけっとしているぼくの胸をぐさりとえぐりました。そのとき、ぼくは何を考えていたかというと、ビデオ・ホログラフィディスクで観た地球の公園の中をユミコ・Kの手をとって歩いている自分の姿を夢想していたのです。

　夢想……そうです。そのときぼくは、気がつきました。ユミコ・Kは地球にいるのです。地球とフローズン・ピクルスの間には百三十七光年という絶望的な距離が横たわっているのです。もし、仮にぼくが今、地球行き宇宙船に飛びのったとしても、ぼくの存命中にユミコ・Kのいる地球へたどりつけるかということは、はなはだ疑問なのです。これはまさしく夢想だったのです。スクリーン・パネルのユミコ・Kの実像に握手することはおろか、相まみえることさえ不可能なのだということに気がつきました。

「なあに、大介は父ちゃんの連れてくる花嫁さんのことでも考えてるに違いないさ。楽しみで、いても立ってもおられんのじゃろう」

　母も胴間声で、無神経なせりふを口にするのです。次の瞬間、ぼくは鬱状態におちこんでしまっていました。それに追いうちをかけるように「身体の丈夫な嫁さん連れて帰ってくればええのう。まぁ、父ちゃんの鑑識眼ならまちがいはねえど。なんせ、母ちゃんに一目惚れしたんやから」

　それから、母はぼくの背中をどつくとグヮハハと笑ったのです。

通信時間の二時間ほど前から、ぼくはそわそわと何も手のつかない状態に陥りました。どうすれば、ユミコ・Kにぼくの想いをうまく伝えられるかということについてです。

「はーい。大介、こんばんは。こちら、メジャー・ユニヴァースのユミコ・Kです。一日のお仕事お疲れさま。そちらは調子いかがですか」

例によって、タキオン通信の時間がやってきたのです。一日のあいだ、あれほど待ち焦れていたというのに、あんなことこんなことを話してやろうと準備していたのに、通信が始まった途端、そんなぼくの算段は雲散霧消してしまい、パネル・スクリーンのユミコ・Kに圧倒されてしまったのでした。

「はっ……。調子ですか。ぼくの、今日の調子ですか。はっ。えー、そうですね、ま、まあ、そ、そうです。まあ、まあまあというべき状態と思います。可もなく、不可もなく、健康状態に限っていえば、自覚するような体調の変化もこれといってない様子で。もっとも診療装置に今日はかかってないから厳密にはどうとも言えないわけで、ひょっとすると血圧や脈はく数がやや……変化しているかも」

そこでユミコ・Kは言葉をはさみました。

「あら、あと一分半しかないわ。じゃ、出荷状況の報告いただけませんか」

採掘状況と発送状況を報告し終わると、もう通信時間はいっぱいだったのです。

「お疲れさま、お休みなさい大介さん」

ユミコ・Kの笑顔が画面から消え去ると、ぼくは己れのドジっぷりに腹だたしくなったほどです。肝心のことは何も話さずじまいだったんですから。

翌日の通信では、ぼくはぼくなりに趣向をこらしたつもりでした。どうせユミコ・Kの笑顔を見たらこちこちになってしまうことがわかっていたからです。

「こんばんは大介さん。ユミコ・Kです……」

ぼくは採掘状況の報告に即刻はいりました。三分間を有効に活用すべきだからです。

「採掘状況報告。第一鉱区十五万kg……」

データを読みながら、ぼくは用意したパネルをカメラにかざしました。それにはこう書いておきました。

〈ユミコ・Kさん。ぼくは一昨日から見ておられるとおり、すごい口下手です。でも、一目見て以来、ぼくはずっとあなたのことばかり考えているんです。でも、ぼくがあなたを好きになっても、地球とぼくとの間に百三十七光年もの距離があるんですね。だから、映像ではない本物のあなたに会うことはできないのはわかっています。でも、これだけは伝えておきたいんです。ぼくはあなたが大好きです。あなたのことについてもっと知りたいし、もっと親しく話せるようになりたい。大介〉

「第九鉱区より第十六鉱区分は八十万kg、TU二〇七便にて発送終了しました。以上です」

報告を終え、ぼくはおずおずと顔をあげました。何か不安な予感がしたのです。

ユミコ・Kはぼくの顔を黙って凝視めました。それからいつもの微笑を浮かべて言ったのです。

「ありがとう。大介さん。メッセージも読みましたわ。だったら、明日から、出荷報告をパネルに書いておいたらどうかしら。パネルメッセージならコピーもとれるし、いろんなお話のできる時間もとれるから」

そこで、その日の通信時間は終了になったのですが、それから小一時間というものぼくは夢心地だったのです。

ぼくの一日は、まるで、その三分間のために存在するようなものになってしまいました。もちろん、タキオン通信がかかってくる前に、発送状況を記したパネルを準備しておくことにして。

三分間は、あっという間に終わってしまうのですが、それはすごく楽しい時間でした。

毎日のタキオン通信でぼくはユミコ・Kのことを色々知ることができました。彼女が二十一歳で、宇宙開拓民に子供のころすごく憧れていたこと。彼女の好物がアイスクリームとチョコレートであること。タキオン通信士の一級資格を持っていること。プレヴェールの詩が好きだということ。「あたしは、あたしよ。あなたじゃないわ。笑いたいときは、あははと笑うわ……」とシャンソンで唄い語りしてくれたのには感激しました。朝食にはクレープシュゼットを自分で焼いて食べるんだそうです。彼女のこさえる料理ってどんな味なのだろう。

もちろん、ぼくのことも話してきかせました。家族のこと、ドームの外にいる小さなピクルス虫のこと、自分で改良した採掘ロボットのこと、エトセトラ、エトセトラ。

日が経つにつれて、ぼくの会話のぎこちなさもとれてしまい、ユミコ・Kにジョークの一つも言えるようになってきました。でも、通信を終わると、いつも一種の虚しさがつきまとうのでした。ユミコ・Kといくら親しく言葉をかわすことができるようになったとしても、しょせん、そこまででしかないのです。

ある日、ユミコ・Kがこんなことを言ったのです。

「もし、私があなたのそばにいたとしたら、大介はプロポーズしてたかしら」

ぼくはためらわず答えました。

「もちろんさ。今でもプロポーズくらいすぐにするよ」

ユミコ・Kはいたずらっぽく笑ったのです。それから「ありがとう」、聞こえるか聞こえないかという小さな声で呟いたのです。そのとき、一瞬ぼくは、どんなに地球が離れていようと、どんなに時間がかかろうと、ユミコのもとへ駆けつけようかと思ったほどでした。

そんな日々が続きました。ユミコ・Kをタキオン通信で知って二ケ月目のことです。

「今日で、私がこのタキオン通信をするのは最後になります。ゲンジロー・カワナベ氏が退院しましたから。明日から、彼がフローズン・ピクルスの担当に復職します」

突然のことでした。

「そんな。せっかく親しくなれたのに」

ぼくの声は絶叫に近いものだったでしょう。通信が始まるなりユミコ・Kはそう告げたのです。それは愛するものを失いたくないという無意識の叫びでした。

「でも、初めから、私はカワナベ氏の臨時代理だったのですから。仕方ないんです」

ぼくは数秒押しだまりました。でも、でも何か話さないと通信が三分たつと切れてしまうことはわかっていました。

「わかった。わかりました。でも、ぼくは、ユミコ・K、君のこと本当に好きだった。愛してた。実はこのタキオン通信、以前は父が報告してたんだ。でも、父は今、〈ポーカーフェイス・ボギー〉に行ってる。ぼくの花嫁を探すためなんだ。もうすぐ父は花嫁を連れて〈フローズン・ピクルス〉へ帰ってくるはずだ。でも、ぼくは、父に連絡しようと思っている。花嫁を連れて帰るのはやめてもらうように。何故って、ぼくはユミコ・K、君のことを好きになったからさ。もう、ぼくは君以外の人を愛せない。だから、ぼくは一生、君のことだけを思っていることにする。ほんとうだ。君との通信はすごく楽しかった。ぼくは何故、君の近くに生まれることができなかったんだろうといつも思ってたんだ。幸福になってください、ユミコ・K。よかったら、百三十七光年の彼方に貴女を好きで好きでたまらない男が一人いるってこと時々思いだしてほしい……」

ぼくは、そこまでは言えたのですが、あとは涙声になってうまく言葉にできなかったのです。ユミコ・Kの瞳も潤んでいることがわかりました。彼女の唇が歪みました。

「私も……愛しています」

時間が来て通信が切れ、白い画面だけが残ったのです。ぼくは、その夜、通信室で大声をあげて泣き続けました。

数日間、気力が失せたような状態が続きました。復職したゲンジロー・カワナベ氏は前任のユミコ・Kについては何も知らず、ぼくも事務的な通信を続ける日々が続きました。

採掘ロボットを操作しているときも、ふと彼女のことを思いだしているのでした。そして、百三十七光年の彼方で、今ごろユミコ・Kは何をしているのだろうと考えると、無性にせつなくなってくるのです。

父に連絡をとろうと考えました。父が花嫁を連れ帰るのを中止してもらおうと思ったのです。花嫁候補がいたにしても、こんな精神状態では、相手をとても幸福にできる自信はありません。それどころか、女性を不幸にしてしまうのが関の山でしょう。それに、ぼくは、一生、ユミコ・K一人だけを心に思って生きることを誓ったばかりだったのですから。

父の呼出しコードから応答はありませんでした。仕方なく、花嫁は連れて帰らないで欲しい旨のメッセージを〈ポーカーフェイス・ボギー〉の父の立ち寄りそうな場所へ打電したにとどまりました。

それから、また数ケ月が経過したのです。ぼくは平凡な日常のルーティン・ワークを繰りかえす日々にもどりました。それでも、あのユミコ・Kのことが忘れられず、ゲンジロー・カワナベ氏とタキオン通信が終わったあと、通信室のパネル・スクリーンにユミコ・Kとの通信テープを映しだして、ぼんやりと眺めていたりしていたのです。

父からの通信が入っていました。父の宇宙船からのものでした。すでに帰途についているようでした。

〈あと七十時間で、フローズン・ピクルスに帰りつく。大介に素晴らしい花嫁を連れていくと伝えといてくれや〉

それだけの簡単なものでした。驚きました。父は、ぼくのメッセージを受けとらなかったようなのです。ぼくは焦りました。せっかく花嫁を連れてきてもらっても、その女性にとっては、不幸なことなのですから。

ぼくは父の宇宙船に、何度も花嫁を〈ポーカーフェイス・ボギー〉に帰すように打電しました。しかし、その返事はきまって〈照れるんじゃねぇ。楽しみに待っていやがれ〉としめくくられていたのです。

父の宇宙船が帰着したとき、ぼくは部屋にこもっていました。とても出迎える気になぞならなかったのです。しかし、祖父が、「結婚式じゃ、結婚式じゃ」と叫んでぼくを部屋から力ずくで引摺りだそうとするので仕方なく立ち上ったのです。こうなれば、ぼくの心境を……あのユミコ・Kとのできごとを……すべて皆に話してわかってもらう以外に手は残されていないと思っていました。

宇宙船の周囲に家族のみんなが集まっていました。ヘルメットを脱いだ父を囲むように。そして、見知らぬ宇宙服を着た若い女性。

ぼくの姿を見て父は大声で叫びました。

「どうだ、おいらの見たてた、てめぇの花嫁さんは……。喜びやがれ」

ぼくは皆のもとへ駆けよりました。そしてせきを切ったように総てを喋ってしまうつもりで「ちょっと、待ってくれ、おやじ。俺は、好きな女性ができたんだ。そのわけやらいろいろ話があるんだ。実は、その女性というのはユミコ・Kといって、地球の……」

そこでぼくは、ぽかんと口をあけたのです。

「……地球の……」

見知らぬ宇宙服の女性が、ヘルメットの遮光フィルターを開きました。そこに忘れもしない、あの微笑があったのです。

「ユミコ・K……なんでここに」

狐にばかされたようでした。百三十七光年先の地球にいるはずのユミコ・Kがぼくの目の前にいたのです。

「ごめんなさい。大介さん。あれ、お父さまの計画だったのよ」

父は、そこでグワハハと笑い、こううそぶいたのです。

「どうだ。おれの眼に狂いはなかろうが」

地球のタキオン通信士ゲンジロー・カワナベ氏の入院は本当だったのです。しかし、入院の間、〈メジャー・ユニヴァース〉は地球＝フローズン・ピクルスの通信を〈ポーカーフェイス・ボギー〉中継に切換えたのだそうです。偶然、〈メジャー・ユニヴァース〉の〈ポーカーフェイス・ボギー〉支部にいあわせた父が、これはと思ったユミコ・Kをなだめすかして、フローズン・ピクルスとの通信を担当させて見合を目論んだというのが真相でしょう。うまくユミコ・Kもぼくを気にいってくれたみたいで。とにかく彼女は、はなっから〇・一六光年先の〈ポーカーフェイス・ボギー〉にいたというわけです。「ぼくはてっきり君が地球にいるとばかり……」

「私、嘘ついてたことになるのかしら。でも、一度も、〝こちら地球から〟って言ったことはありませんでしたわ。でも、これだけは本当よ。愛してるって言ったこと」

それはぼくも同じことなのです。

それからというもの、ぼくたち夫婦はこの〈フローズン・ピクルス〉で幸福な生活を続けているのですが、今では、タキオン通信の担当は通信士の資格を持つユミコなのです。ぼくが通信を担当してもかまわないのですが、彼女に言わせると、いつカワナベ氏が再入院して新しい女性の通信士になるかわかったものじゃなく、そうなると惚れっぽいぼくの浮気の虫が、また百三十七光年先に思いこがれはじめるにちがいないからだと……主張するわけで。

それは、ぼくだって同じことを考えてしまいます。カワナベ氏のかわりに、どんなハンサムな通信士が現れたりしはしないかと。それだけじゃない。地球っていつも流行の発祥地なんですよね。最新デザインの宇宙服のカタログ通信販売情報をすぐに仕入れてきたりして。愛しているんだけど、こうも毎日、ねだられるとなると……。

タキオン通信って知ってますか。あんな通信法が開発されていなかったら、ぼくも、こんなに思い悩むことはなかったのにと思うのです。

メモリアル・スター

惑星コード〈三〇七＝R一八＝二七九＝二〉の地表に、私は他の観光団体と共に降り立った。観光団体は、圧倒的に年輩が多い。男女を問わず。そして、まばらではあるが、その中に若い女性がまじっている。それが何故であるかということは、あまり関心はない。

瞳を見れば、わかることだ。

彼等は、共通した光を、その瞳の裡《うち》に宿している。過去への執着。後悔。未練。煩悶。そんな想いが、瞳の光として表出するときそのようなものになるのだ。

この星は、惑星コードで観光客たちに呼ばれることは、まず、ありえない。彼等は〈恐れ星〉と呼ぶ。もっと品のいい呼びかたをするときは、〈メモリアル・スター〉と言う。

それは、この惑星が、他にはない特性を有していることに由来している。

紅空。抜けるように透き通ったピンク。

地表から突き上げたような形の尖角な先端を持つ奇岩群。

その果ての、ほぼ垂直な斜面を持つ連山。

奇岩群の下に広がる風紋を伴う砂丘。

まばらに点在する砂の上の植物群。

それらが〈メモリアル・スター〉の景観なのだ。地球のどの地と比較しても、奇景というにふさわしい。だが、その驚嘆も感動も、一時間も持続しない。十分もすれば、このピンク色の殺風景さに、気分を滅入らせはじめる。

その光景は、〈メモリアル・スター〉の他にはない特性、というわけではない。

とりあえず、私は、〝基地〟を探すことにした。〝基地〟は事実上、有名無実なものになりさがっている。三〇七＝R一八＝二七九＝三地表探査基地は、すでに閉鎖されたことに記録上は処理されている。

だが、彼は、まだ、この惑星にいるはずだった。彼が、この星を離れたという情報はない。

宙港用途地帯としてフラット処理された地表で全観光客が、滑空車《スピナー》の到着を待った。観光客たちのざわめきといったものは、まったく聞こえてこない。聞こえてくるのは、遠い風の唸りだけだ。遥かな山脈にあたった気塊があげる悲鳴や嗚咽《おえつ》のようにも感じられる。異界の光景だ。誰も、この無機質的世界の光景に魅せられてやってくることなどないはずだ。

左方から、スピナー音が近付き始めて、やっと、観光客たちの緊張が解け、いくらかの会話がさざ波のように生まれ始めていた。

点から、小球に遠景でスピナーの形が認められる迄になったときだった。人の群れから大声が発された。

「リッ蜂だ」

すると、悲鳴があがり、小さな恐怖が群れの中で生じた。しかし、数十秒で、パニックは収まり、かわりに、自嘲的な笑い声の輪が広がっていく。

誰かが、他意のないジョークとして発したものらしい。リッ蜂というのは、この惑星に棲息する独特の昆虫だ。メモリアル・スターを訪問しようとする者は、例外なく、一度はリッ蜂の恐ろしさを耳にしている筈だ。形状は、蜂という昆虫の概念からは、ほど遠い。細長い紫色の四枚の羽根と、粒状の集合物に見える四つの複眼があるという。腹部だけが蜂を思わせるふくらみと縞模様を持っている。だが、そこには針などはない。恐怖は、渦状の細い口からもたらされる。口の尖端を、針と呼んでもかまわない。そして、それは、一般の蜂が持つ針以上の効果を発揮する。

〝リッ蜂の生き腐れ〟という言いまわしがある。

まさに、その通りのことだ。その針は、養分の摂取に使われるが、同時に敵への攻撃に際しての武器となる。リッ蜂は、たいへん臆病な昆虫だ。神経過敏な状態に常にある。だから、自分のテリトリィ内への侵入者に対しては、その臆病さ故に、凶暴になる。どのような侵入者に対しても攻撃準備にかかる。そのリッ蜂に刺された不運な被害者は、腹部の有機毒を注入されることになるのだ。それからは、正視できない症状が続く。犠牲者は、全身が患部と化す。劇的に、腫れが不規則な模様を描く。全身の腫れによる膨張が続き、無数の細い裂傷が生じる。当然、猛烈な痛みが伴う。ベッドに縛りつけられていても、そのベルトをちぎり切るほどの痛みが伴っている。全身の裂傷から、毒液が吹きだす。それは猛烈な腐臭を伴っている。このとき患者の分泌物に触れると、二次感染を引きおこしかねないため、遠隔治療しか施すことはできない。また、どのような麻酔剤も効果をもたらすことはない。体表は、科学変化を続ける。筋肉の剝離、分解。そして溶解。骨の露出。内臓の急速な膨張。

犠牲者にとっての救いようのない不幸は、死の一瞬前まで、その激痛が持続しているということだ。だから、その遺体には、死んでも苦痛が残っている。とても、それが、かつて人体であったとは見えなくても。

そんな伝説の昆虫の噂は、ほっておいても徐々に拡散していったはずだ。だが、駆除作業によって大部分のリッ蜂は死滅したと聞く。

現在では、〝メモリアル・スターのリッ蜂〟というイメージだけが生き続けているはずだった。

スピナーは大型だった。一度に、すべての到着客をのみこみ、宙港ビルへと向かった。

簡単な入星検査と検疫が終了した後に、宙港を出た。宙港に隣接した地区が、ちっぽけな街を構成している。その街は、二百メートルほどのメインストリートに沿って、広がっているだけの街だ。その街の中に、ホテルもエネルギー供給施設も、〝基地〟もすべてあるはずだ。市は〝メモリアル・シティ〟といい、この数年で、需要に伴い、この規模まで拡大したのだ。メモリアル・シティは、これ以上、規模を拡大することもないだろう。主産品とてない。単に湯治客相手に発達する湯治場町のような場所だ。ただ、身体の湯治場ではなく、精神《こころ》の湯治場のようなものかもしれないのだが。

街の大通りを、歩く。直線に伸びたメインストリートの風景は視界の中央で切られ、代わりにピンク色に染まった砂丘の斜面を見ることができた。大通りは、観光客向けの店舗と、路上のフラット処理道に、品物を並べただけの原始的な露天商の姿が目についた。

露天商たちは、どこからどうやってこの星のことを聞き及んで漂着してきたものやらはわからない。

観光客たちに呼び声をかけている。観光客の何人かが足を止めて、もの珍しそうに、路上に広げられた商品を眺めていた。

メモリアル・スターの鉱石。表面の一部が研摩されて文字が刻まれていた。〈メモリアル・オブ・メモリアル・スター〉とあった。その横に、例の〝リッ蜂〟がいた。飛びかかって襲う心配はない。〝リッ蜂〟の周囲は、透明な人工樹脂で固められている。もとよりすでに、それは生あるものの姿ではない。四枚の羽根を、一所懸命に広げたまま凍《い》てついたその大きさは予想以上のものだった。私も現実に見るのは、初めてだ。

私の横にいた老人が、リッ蜂の置物を手にとり、感心したように眺めまわした。

露天商が、「もう、絶滅しかけた虫なんだ。貴重なものだよ。でも安いよ」それから、リッ蜂の置物の値段を言った。あわてたように老人は、リッ蜂の置物を元の位置に戻した。

「安いよ」の予告とはうらはらな価格だったからだ。「少しくらいなら、まけてもいい」そう露天商が追い討ちをかけたが、効果はなかった。すでに、老人は、その場を立ち去りかけていた。

以前は、リッ蜂の危険に人々は常にさらされていたと聞く。だが、メモリアル・スターへの観光客が増加するにつれて一大駆除が行われた。ほぼ、リッ蜂が絶滅したというのは間違いないはずだ。だが、このような虫を、コレクションする趣味がある人間とは、あまりつきあいたいと思わない。

露天商は、次に私の風体を値踏みした。あまり、商売にならないだろうことを本能的に知った後は、片眉だけを上げ下唇を突きだして失望の色を隠さなかった。

隣の露天商が、言った。

「今日の観光客は、あまり商売にならないようだな」

片眉を上げたままの露天商が、答えた。

「ああ。だが、今日は、珍しいことに、もう一隻来たらしい。やはり、観光客がヤマと乗っていたそうな。そちらに期待するよ」

「一日に二隻か。珍しいことだな」

「ああ、珍しい」

「泥場も混むだろうな」

「ああ、混むだろう。ひょっとしたら、今日明日は、泥場の戻り道に店を開いた方が、いいかもしれない」

二人の露天商は、うなずきあった。

私が咳ばらいすると、横を向いていた露天商が、驚いた、まだいたのかという表情で見上げた。片眉はやはり上がっている。そういう表情の男なのだ。

「探査基地は、どこになるんだ。知らないか」

私は尋ねた。

露天商同士が顔を見合わせていた。その様子は、こいつ何を言ってるんだというように見える。

「探査基地……いったい、どんな用があるというんだね。今は、何の機能も果たしてはいないというのに」

私は、肩をすくめた。「いろいろ用はある」

呆れた表情の、沈黙が続いた。それから露天商は通りを指さした。

「大きな建物があるだろ。あれが、この惑星唯一のホテル一〇一だ。そのむこう側に、探査基地はある。泥場のそばだよ」

「ありがとう」私はチップを露天商にわたした。笑顔一つ浮かべるでなく、露天商は、壺の中にコインを投げこんだ。

その場を離れ、私は、探査基地を目指す。

ホテル一〇一は、近付くほどにその巨大さを増した。建造物の周囲を白い光を放つパイプが縁取っている。そのホテルに沿って道を折れた。

「泥場」の標識が見えた。そのむこうに、探査基地があるはずだ。「泥場」こそが、メモリアル・スターのメモリアル・スターなる由来のある場所なのだ。私も知識でしか知らない。

三々五々、私と共にこの惑星に到着した人々が、同じ方向へと歩いていく。ホテルのチェックインを済ませたと同時に、いても立ってもおられず泥場を目指しているのだろう。

ホテル一〇一を過ぎ、泥場の標識の頻度が増える。そのあたりから、泥場に関した商売の店が増えてくる。写真屋、泥場指南の店、薬屋などだ。

フェンスがあった。そのフェンスの中に泥場があった。その部分だけが、フラット処理されていない地帯だ。そして着陸後に遠景で見られた奇岩が、泥の中から突きでているのがわかる。

この泥場は、私が訪れた目的ではないのだが、自然と足が止まった。人々が、泥場へと憑《つ》かれたように吸いこまれていく様子が見えたからだ。

私は、その場に佇んだ。

吸いこまれるように泥場へ入っていく人々は、誰もが過去を背負っている。だが、それを嘲笑する資格はない。誰にもない。

フェンスに顔を近付けて、泥場の内部を見た。

そこには地中から突き出た奇岩の柱の間に、数十人の男女たちが、いる。広い地域に、その人々が散らばっていた。

この地帯で、この場所だけが、乾いた砂漠ではなく、水分を多く含んだ泥状の土壌になっている。それ故に、ここは、単に泥場と呼ばれているのだ。

ただし、ここだけは、宇宙のどこでも体験できない不思議な現象が起こる。だから、この星はメモリアル・スターと呼ばれる。

しゃがみこんで、泥場に祈り続ける女。

地面を凝視し続ける老人。

そして、その光景らしきものを私は、初めて見た。

両手を地についた若い女の眼の前の泥が、ボコリと盛りあがり、人の頭をした物が突き出てきた。若い女は、信じられない表情で、泥中から生まれ始めたものをみつめ続けている。信じられないが、期待したものだ。

それが、泥場で起こる奇蹟なのだ。それ以上の説明は、本来は不要のはずだ。泥の中から生まれた人物が、その若い女にとってどのような関係なのかはわからない。だが、その泥の男は、胸のあたり迄姿を現していた。あたかも土の内部から生えてでも来るように。確かなことは、若い女にとっての人生の中でその男の泥像は大変な影響を女に与えた存在の具象だということだ。

上半身を地中から突き出した男は、ゆらゆらと身体を揺らし、右手をゆっくりと上げて若い女に何かを呼びかけ始めていた。

突然に、若い女は悲鳴をあげた。何かの支えが彼女の心の中ではずれたように、ヒステリックに悲鳴をあげ続けた。眼をしっかりと閉じ、両手を震わせ、髪をふり乱して大きく口を開いた。

泥の男の動きが止まった。と同時に溶解が始まった。すぐにその形は人の形ではなくなった。両腕の形を為していた泥は、ボロリと溶け落ち、ぐずぐずと重力のままに泥が崩れ落ち、単に、土を盛っただけの形で安定する。

女の悲鳴が止まった。

女は、放心したように、その場に座りこんだままでいる。

その左後方では、親子連れらしい姿が見えた。父親に連れられた少女は、泥の女と話し続けている。泥の女は少女が、何かを語るたびに、うなずきかえすのだ。父親も、何度かハンカチで瞼を拭う様子がわかる。

少女は、母親に会っているのだ。地球で死に別れたはずの母親に。

それが、メモリアル・スターの泥場で発生する奇蹟なのだ。何故だか、その原因は、解明されていない。事実を列挙すると次のようなことになる。この泥場へ来て、自分が会いたい人物のことを念じる。すると、ここの泥に、その心が反応して人物が泥から生まれるのだ。粘土が変形をうけて彫像と化すように。ただ、想像に反応して生じる泥人形たちは、生あるもののように動く。ある泥人形は、言葉さえ発することがあるという。何故、ここの泥だけが、人の精神に反応するのかは、不明のままだ。土の組成は、他の場所と変わることがない。だが、現実には、ここではそれが起こる。愛しながら別れたもの、どうしても、もう一度会いたい人、そんな人たちにここで会える。それは人間に限らない。愛していた犬や猫のペットさえ会うことができる。

新たな人々が、泥場へ到着してくる。先立たれた肉親に会うために、自分を捨てた恋人に会うために。

嗚咽が、聞こえた。私は泥場から眼を離し、その方向を見た。老人がフェンスに肩をもたせかけて泣き続けていた。あられもなく泣き続けていた。

私とその老人の視線があった。問いかけもしないのにその老人は、私に言った。

「なんと情けない。わしは、わしは……。連れあいを、あんなに愛していたというのに。あれが死んでから、わしは、あれのことばかり考えていた。なのに……。ここへ来れば、あれに会えると信じておったのに。ここへ来て、あれの顔も姿も思いだせずにいる。どんなに思いだそうとしても……できずにいる。なんと情けないことなんだ」

老人は、再び泣き崩れた。そのようなこともあるだろう。私には、そのような老人にどのような言葉もかけてやれる用意がない。

黙したまま、その場を離れた。

私の背には、泥場から響く嗚咽や、狂躁的な笑い声、すすり泣き、嘆きに近い呻きが渦巻き追いすがってくるようだ。

フェンスの位置を過ぎると、再び薬局がある。薬局には、いくつかの貼り紙があった。精神統一を促進させる薬品や、精神を昂揚させる薬品の名前が記されていた。やはり、泥場で使用するために、ここには薬屋が多いのだ。精神力を増幅させて、泥に反応させようというのだろう。

薬局の隣が、私の目指した場所だった。正式には三〇七＝R一八＝二七九＝二地表探査基地。

この惑星に人が降り立ってしばらくは、この地表探査基地が、惑星の唯一の人工建造物だったはず。

もう二十数年前のことだ。

一目見てわかった。斜めにかしいだ基地には、すでに人が居住している気配はない。もう、この基地の探査目的は既に果たしている。支柱がかしぎ、朽ち果てた基地は、家屋としての機能もないようだった。かつては、この基地の人々はリッ蜂の恐怖と闘いながら、使命に没頭していたのかもしれないが。露天商の言っていたことは、やはり真実だった。

この基地は、すでに機能を放棄している。また、この惑星について新たに調査せねばならないことは何もないのだ。

この基地が放置されてから、どの位の時が流れたものかはわからない。

この基地に五人が探査員として居住していたことは、わかっている。そのうち三人は、リッ蜂の犠牲になった。一人は虫垂炎で死亡した。しかし、最後の一人であるサトシが死亡したという報告記録は残っていない。

泥場観光のための開発が行われた後も、その記録を眼にしたことはない。

サトシは、生きている。

そう私は、信じている。もちろんサトシが、この惑星を離れた記録もない。サトシはこの惑星にいるはずなのだ。

だが、サトシは、この基地にはいない。このあばら屋には。

私は、薬屋へと入った。

薄暗い店内だった。

「はい」と大きな声がして、小男の姿が見えた。縁なし眼鏡をかけたびっくり顔の男だ。男は「はい、はい、はい」とステップを踏みながら飛び出してきた。白衣はだぶだぶのコミックに出てきそうな男だった。

「うかがいたいことがあって」私は言った。

「はい、はい。うまくいかないんですね。はい、はい。どんなふうなんでしょ。はなっから出てこられないんですか。それとも形が不安定なんでしょうか。どうしても違和感が相手にあるとか……はいっ。はい。はい。ちがいますか」

薬局の店主らしい男は、私が泥場へ来た者と勘ちがいしているようだった。私は、大きく頭を振った。

「いや、隣の探査基地のことを知りたいのです」

薬屋は、ぽかんと口を開き、あはぁと拍子抜けしたような声を発した。「なんだ、ゴーレムのことじゃないのか」

「ゴーレム？」

「ああ、あなたが他所者《よそもの》の風体をしているから、てっきりゴーレムの件だと思ったのですよ。ゴーレムってのは我々が言ってるだけなんですけどね。泥場で出現する泥人形のことを、そう言いあってるんですよ」

眼をきょろきょろさせながら、二、三度、薬屋はうなずいた。ゴーレムとは……よく言ったものだ。

私は、一つ咳ばらいした。「探査基地に人が住んでいたと思うのですが、消息は御存知ありませんか。私と同じ位の年齢なのですが」

それからサトシの名を告げた。

ありがたいことに商売以外の用件と知っても、薬屋は厭がる気配を見せなかった。薬屋は「おぼえています」と言った。

「七、八年前迄、その男は、隣にいましたよ。私が、ここに店をかまえて、すぐの頃です。だが、ある日、突然、姿が見えなくなった……。露天商の一人だったかな……言っていた。そっちの」

薬屋が、指で示した。それは薬屋の頭より高い位置だった。「切り立った山があるんですが……その山肌を男が……登っていったって。それが、探査基地の最後の男だったというんですよ」

「………」私は、答を返しようがなかった。何故、山を登っていったというのか。何をしに行ったのか。

「それっきりですよ。それ以来、基地の最後の男の姿を見た者は、誰もいない」

薬屋は、なぜそんなことを聞くのだというふうに不思議そうに眉をひそめた。

それっきり、サトシの姿を見ていないと答えたことが私には気になった。それは、ひょっとしてサトシが他人の眼のつかない場所ですでに死を迎えているかもしれないことを意味するではないか。

宙港から遠景で仰ぎ見たそそり立つ連山の姿を私は思い浮かべていた。あの頂きの何処かにサトシがいるかもしれないとは、あの時点では思いもよらなかった。

「私に、登れるだろうか……どうしても会いに行かねばならないのだが」

じっと私を見て薬屋は行けないことはないヨと答えた。登山口は、三つある。急な斜面を這いずる道が最短コースだが危険が伴う。ゆるやかな道は、時間がかかる。中間のやや険しい道くらいがいいかもしれないと言い、その登山ルートを教えた。

平地から高さが千メートルを超す連山だった。私は、一刻の猶予も惜しんで、連山への道を急いだ。薬屋が推薦したルートを。

斜面は、岩盤そのものだった。〇・九Gという重力が、幸いした。他の惑星よりも歩行は容易だ。だが、気圧は極端に低くなる。

私は一歩ずつ踏みしめて登り始めた。無心だった。できるだけ、何も考えないように努めた。すべては、サトシと出会ってからのことだ。

二百メートルも登って、振り返った。箱庭のようにちっぽけなメモリアル・シティが一目で見わたせる。それよりも眼を奪われたのはメモリアル・スターの全景だ。都市部を除けば、それは原初のままのピンクに染まった惑星の風景なのだ。宙港さえも気にはならない。フラット処理された地帯も微々たるもの。砂漠、そして奇岩群、再び広がる砂漠。

しかし、この程度の環境であれば、そう苦にはならない。私は風速五十メートルを超える激風の中で、幅三十センチの谷沿いの小径を五キロメートルも行軍したことがある。もっとひどい環境の惑星はヤマほど知っている。

都市部に眼をこらした。

ホテル一〇一の建物が、まずわかった。その手前に、空地が見える。そこが泥場だ。無数のさまざまな色の人々だ。そのちっぽけな点のそれぞれが、泣き、笑い、怒り、感動する存在のはずだ。そして現時点でも、そのそれぞれが、何かを求めてあの泥場に集まっている。魂の救済。煩悩からの逃避。どのような表現でも、同じこと。結局、私が、今とっている行動も似たようなもののはずなのだから。

再び登り始めた。傾斜は、むらがあった。平坦な小径が続いたかと思えば、四十度を超す急激な斜面となる。そのくり返しだった。このような斜面を登った記憶がある。訓練のときだった。サトシと……恵莉と……。サトシが、この連山の頂きを目指したときも、サトシも、その記憶が蘇ったのだろうか。

風が吹き始めた。その風は瞬間なものの連続だった。烈風が足をすくおうとする。すぐに凪《なぎ》をむかえる。私を吹き飛ばすための値踏みの時間のようだ。そして激風。方角は、まったく異なる。風は、意思を持つ存在のようにも思える。

生物の気配は、苔一つない。赤く照らされた一枚岩のごとき岩壁が続く。ある時代に、突如として隆起した連山らしい。斜めに断層をさらしている場面もあった。

間歇《かんけつ》的に風は襲ってきた。抗いながら、崖面にへばりつきながら、私は進んだ。

耳の変調が襲った。虎落《もがり》笛のような激風に混って耳鳴りと圧迫感があった。あえぐ他はなかった。気圧の低下が耳の内部に影響を及ぼしている。

山腹を既に八合目を過ぎようとしていた。数時間が経過している。

風は、微風に変わっていた。烈風の高度を超えたようだった。

果たしてこのような場所にサトシがいるかどうかは、わからない。このような場所で生活ができるものだろうか。

斜面はなだらかになっていた。その斜面を一歩ずつ踏みしめて、ゆっくりと登る。

私は眼を見張った。

岩と岩との間にそれがあった。

一メートルほどの高さの植物だった。それも、高等植物に属する。肉の厚い細長い葉が何本も天に向かって直立していた。そして眼を見張ることになった巨大な白い花。

何故、こんな花が、このような高地に存在するのか。そんな疑問よりも荒涼とした岩石世界に咲いた半球状の白い花は、夢幻的な印象を放っていた。

駆け足になっていた。私は、その白い花を持つ異星の植物に走りよっていた。

「あ」

私は、思わず声を漏らした。岩蔭に、また一つ。それから山頂にむかって二十メートルほど離れた位置に、また一つ。

白い花を微風にふるふると震わせていた。巨大だが、可憐な花だった。

私は眼を走らせ続けた。

その彼方にも、また一つ。

なんという光景なのだろう。

私は、点在する植物に眼を奪われながらほぼ山頂に近付きつつあった。

ゆらりと動く影が見えた。植物とはちがう。本能的に私には、わかった。

「サトシ」

私は、叫び声をあげた。

影が停止して、ゆっくりとこちらを向いた。顔中が髭に覆われていたが見紛《みまが》うことは、なかった。何枚もの作業着を重ね着していた。惑星探査士独特の銀色の靴をはいていた。

「サトシ」

もう一度、私は叫んだ。髭の男の眼が、しっかりとこちらを見据えていた。

「ススム」

髭の男が、そう叫んだ。私は、うなずいた。うなずいたまま、涙を溢れさせた。サトシは手に持ったケース箱を岩の上に置き、恐る恐るといった様子で、ゆっくり近付いてきた。

「ススム。ススムなのか。何故、こんな所にいる。いるはずのない場所に」

私は答えた。

「いるはずのない場所に現れたのは、サトシに会うためだ」

サトシは私に駆け寄ってきた。真っ白い歯を見せて。左腕を突き出して。私は右腕を突き出し、彼の左腕を支えた。そのまま彼のみぞおちを軽く叩いた。サトシも私のみぞおちを叩いた。私は右腕をはずし、彼の首を腕で巻きつけた。それは、我々二人の間でのみ通用する親愛の挨拶になるのだ。

しばらく、おたがいを小突きあい転げまわった。笑い声をあげながら。

いつしか、私とサトシは、山頂で並んで座り、下界を見下ろしていた。ふざけあいで、乱れてしまった呼吸をゆっくりと整えながら。

「恵莉……恵莉さんは元気か？」

サトシは、そう言った。やはり、先ずそのことを口にするだろうと私は予測していた。

「恵莉さんとは、一緒にならなかった」

サトシは、驚いたように眼を剝いた。私は追い討ちをかけるように言った。

「サトシの早っとちりめ。恵莉さんが、好きだったのはサトシの方だったんだ。それを殉教者気取りで姿を消しやがった。変な手紙一つだけ残して。身勝手な奴だ。

恵莉さん自身の口から聞いたんだ。自分が愛していたのはサトシだったと」

サトシは、口を開かず、しばらく上空の紅を眺め続けた。受難者の瞳だった。

ぼそりとサトシは言った。

「昔からそうなんだ。世の中ってのは、すべてがボタンのかけちがいで成り立っているような気がする。ほとんどのできごとが悲劇なんだが、見方によっては、ほとんどのできごとは喜劇なんだ。この惑星にいた探査員たちも皆、死んでしまった。残ったのが、よりによって自分だったということは、充分に喜劇的なことなんだなぁ」

今度は、私が押し黙る番だった。私とサトシ、それに恵莉は、航宙探査科で同じクラスの友人同士だった。チャナ星営工科大学時代のことだ。三人は、ともに行動した。ゼミの班から、馬鹿騒ぎまで。青春時代の大部分を三人は共有しあったというべきだろう。どのような場面も心の中ですぐ古い写真のように浮かびあがってくる。郊外へのレンタカーを使ったドライブ。居酒屋でのアルバイト。人力飛行機のコンテスト。それぞれの場面に三人がいる。私とサトシ、そして恵莉。そのイメージの中で三人は、いつも笑っている。恵莉を中心に、私とサトシ。

そう、三人はいつも三角形を描いてきた。恵莉を中心とした聖三角形を。友人としてだけではなく私は異性として恵莉を愛しはじめていた。そして、その心中を私はサトシに相談した。そのとき、サトシは、何も言わなかったが、サトシにしても、同様だった。それが私にはわかった。サトシも恵莉を愛していたのだ。

そのような経過だ。

それから、それぞれの進路が待っていた。当初、三人ともチャナ星系の第四惑星への赴任を共に希望していた。その惑星は開発が進行しており、地球化《テラフォーム》も三分の二ほど終了していた。

開発の職に従事しながらも都市化した部分での楽しみも享受できるはずだった。

だが、学生時代の最後にサトシは姿を消した。無名の未知惑星への探査に職を求めて。

一通の私に残された手紙には、簡単なメッセージだけが記されていた。恵莉を幸福にしろ……とだけ。

第四惑星の職に就いて、しばらくの後、私は恵莉に求愛した。告白した。そして恵莉の真実の気持を知った。サトシの言ったとおりのこと。すべてが少しずつ、ずれていた。皮肉なものだ。

それから、私も恵莉と会う頻度も減り、結果的に他の惑星に職を転じた。長い時が訪れ去った。

あるとき、ふと思いつき、私はサトシの消息をたどった。サトシの行方を知ったとき、どうしてもサトシに会いたくてたまらなくなった。そして、この惑星へやってきた。

「何故、こんな高地にいるんだ。基地は、倒壊寸前の状態だったぞ。消息を誰にも教えずに消えちまって」

今度は、私がそう言った。

サトシは、髭をボリボリと掻いて、言葉を選んでいた。人と長い間、会話をせずにいると、言葉さえも忘れてしまうものだろうか。そう、長い年月が流れた。髭で覆われてわからないが、その下には、私と同じように、あれからいくつもの皺が刻みこまれたのだろう。

サトシは、ゆっくりと言った。

「ああ、俺たちが、この惑星で調査すべき項目は、すべて調べ終えたんだ。俺が、街を捨てる時点では、いつ基地を放棄してもかまわないという許可さえ受けとっている。だが、離れるわけには、いかないと思っただけのことだ」

「何故だ」

「責任みたいなものさ。人間の一人としてね」

サトシは、白い歯を見せながら、右手に細い小さな棒を持って振ってみせた。その棒の先端には、白い綿毛のようなものが、ふわふわと揺れていた。

私は、たぶん、不思議そうな表情を浮かべていたはずだった。「これさ」

「その小さな棒が、なんだというんだ」

「ススム、リッ蜂って知ってるか？」

「ああ、知っている。リッ蜂のことは、宇宙中に知れわたっているよ。恐怖のリッ蜂としてね」

「そうか。そんなに知れわたっているのか」

サトシは、一瞬、眼を細めた。

「リッ蜂にやられた三人の症状のレポートだけでそれほど有名になるとはね。だが、ススム。この惑星に来てから、生きているリッ蜂を一度でも見たか？」

私は、首を横に振った。

「いいや」

「そうなんだ。我々の探査により、この惑星に関する特性を人類は知ることになった。人類は、わがままな存在だ。自分たちに都合のよい興味のもてる存在だけを残し、不必要なものは切り捨てる。

この惑星で、人類に必要なのは〝泥場〟だけだった。〝泥場〟に現れる〝ゴーレム〟だけだった。人類は〝泥場〟を目指した。その前に都市が建築された。全宇宙的規模のリゾート開発資本によってだ。それから、リッ蜂の完璧な駆除。リッ蜂は絶滅したよ」

「――――」

私はどう答えていいものか、わからなかった。

「今でも、この惑星の大気の中には、殺虫剤が混入し漂っているはずだ。人間には、なんの副作用も与えないが、リッ蜂にとっては猛毒の成分をもったものだ。あわれなものだと思うよ。人類の都合で絶滅させられてしまったなんてね。

リッ蜂は、極度に外部からの侵入者に対して臆病だっただけだ。何の罪もない。

しかし、すでに滅んだ。〝泥場〟へやってくる観光客のために滅んだのだ。

だが、リッ蜂は、この惑星でも、立派に、それなりの役割を担っていたことを、奴等は知っちゃいない。

みろよ。この花々を」

サトシは、ゆっくりと両手を上げて、岩々の間に咲く、白い巨大な花を持つ植物群を示した。

「この花は、この惑星の高地の連山の頂部にしか咲かない。人類は、この花の存在なんて知るはずもない。

だが、この花は、虫媒花なんだ。リッ蜂が存在しないことには、絶滅してしまう。今、エリランは、危機に瀕している。誰も……彼等が繁殖することを助ける存在はいないんだ。俺が、ここへ来る寸前、すでに、このエリラン……この名も俺が勝手に付けたものなんだがな。……すでに個体数は滅亡寸前までに減少していた。

それで、俺は、リッ蜂になろうと決心した」

私には、わかった。サトシだったら当然にとるべき行動だったはずだ。それはサトシにとっての正義だったのかもしれない。

私はうなずいた。

「たった一人、この惑星に残ることになってしまったときだ。俺が、この連山の山頂へ探査に来たとき……。リッ蜂の防護服だけで、俺はいた。信じられない光景だった。白い花が、この岩山に咲き乱れていた。すでに、この惑星に着いたときに、一生二度と見ることはできないと諦めていたはずの光景だった。俺は、涙を流していた。何故か、この光景を見たとき、心の中の自分でも気がつかずにいたなにかが、浄化されていくという思いさえもあった。そして、何のためらいもなく、この植物に名前を与えていた。エリランという名前だ。もちろん、恵莉のことが脳裏に残っていたからこそ連想した命名だった。

エリランの花の間を、無数のリッ蜂たちが飛び交っていた。

それは夢幻の光景だったよ。

リッ蜂が、駆除剤の散布によって下界に姿を見せなくなったとき、俺は、自分の使命を見つけた。俺がリッ蜂になるべきだとね。

それで、ここへ来た。

もの凄く、非効率な作業だよ。この俺がこさえた受粉棒を持ってリッ蜂に代わって受粉を助けてやる。エリランが花開くのは、こんな山頂の平坦な部分だけじゃない。岩壁の、それも急角度の場所にだって咲く。そんなときは、命綱一本で宙ぶらりんの状態になって、作業をやるのさ。一つの花の受粉に半日をかけることがある」

「なんのために」

「この惑星の生命たちに対しての……人類の一人としての贖罪《しょくざい》だ。それから……」

「それから？」

「ああ……。泥場は見たかい？　人々がゴーレムにすがりつく姿を」

「ああ、見た。不思議な現象だな。泥がおもいでの人の形をとるというのは」

「あの現象は、何故おこると思う。泥が、何故、人間のおもいでを読みとれると思うんだ。あそこの泥の成分を分析した表を見れば、すぐにわかるはずだ。泥には特殊な成分なぞ、何も含まれてはいない。磁気も重力も、他の地域とは何も異なる点はない。なのに何故、おもいでの人が、泥の変化によって出現すると思う？」

「わからない」私は、そう答えた。サトシは何度か、うなずいた。うなずきながら、私の眼を見ていた。

「あそこが、泥だからさ。反応しやすいんだよ」

私は眉をひそめた。

「俺には、わかった。あの現象のもとは、このエリランの発する思念エネルギーなんだ」

「思念エネルギー！　この植物は、心があるのか？」

サトシは、うなずいた。

「そうだ。他の存在の思考に共鳴する。その共鳴がエネルギーとして泥を凝生物に変化させる。それがゴーレムだ。だから、泥場でなくても、ここでも充分にその現象は起こるんだ。見るがいい」

岩盤の上には、小石が散らばっていた。私の足もとの小石が宙空に向かって飛んだ。その宙空は、サトシの視線の方角にあった。小石が、砂が、風とは逆の方向へ寄り集まっていた。

その集合体は、ゆっくりと一つの影を持ちつつあった。ピンクの空を背景に。

人物が宙に浮かんでいた。その人物を、私は忘れてはいなかった。しかし、それはサトシのおもいでに残っている人物でもある。

その女性の名を私は呼んだ。

「恵莉！」

そう……恵莉は、おもいでそのものの具現だった。数十年前と変わらない姿態を持ち、ゆっくりと微笑した。その微笑のまま、恵莉は、その小石の肉体を散乱させ、遥かな下界へと落下していった。

私は、息を呑んだまま黙していた。サトシが、ゆっくりと私を見た。その淋しげな光はサトシの眼に何十年も宿り続けているように私には思えた。

サトシは、何か言いたげに一度口を開きかけた。しかし、その口を閉じ、やっとのことで、私に告げ始めた。

「いまさら、こんなことを言うのは、どうなのだろう。ススムが、恵莉のことを相談した直後、恵莉は、俺に愛を告白した。俺はどうしたと思う。俺も恵莉のことは好きだったんだ。だが、受け入れてやれなかった。俺はジレンマに陥ってしまったんだ。どのように決断しても、どちらかを傷つけてしまう。俺は、恵莉への答もモラトリアムにしたまま、姿を消すことにした。

俺が、いちばん大事にしたかったのは、俺とススムと恵莉の三人のありかた……状態だ。

聖なる三角形にある三人だ。だから、俺は、卑怯だったかもしれないが、この惑星に仕事を求めた。俺が望んだのは、ススムと恵莉の幸福な生活だ。俺には、おもいでがあればいい……そう思った。しかし、一緒になっていないとは考えもしなかった」

私は思った。そうだったのか。すべてが、サトシの言うとおりだ。皆が、ボタンをかけちがえてしまう。

「俺にとって、おもいでなぞ淡いほうがいい。だが、この星のゴーレムは、けっこう残酷だぞ。あれほど鮮明に出現してくれる必要はない。俺の潜在意識を反射して、すさまじいほど、刻明に姿を現す。あれじゃ幽霊だ。いつも、俺を責めているように見える」

そうサトシは言い溜息をついた。

「まぁ、いい」サトシは、自分に言いきかせているようだった。「まぁ、いい。まぁ、いい……。だが、ススム。これは皮肉な状況とは思わないか?」

「恵莉のゴーレムのことか?」

サトシは首を振った。

「それも充分に皮肉なことだが……。この惑星のことさ。エリランの影響を受けた泥場に人類がやってくる。だが、人類は自己の安全のために、エリランを繁殖させてくれるリッ蜂を滅ぼしてしまう。俺が、この仕事をやらなければ、ゴーレムの泥場は、ただの泥場になってしまうだろうにな」

私はうなずいた。

「恵莉を俺は、不幸にしたのだろうか？」

サトシが、呟くように言った。

私は、わかるはずもないというように頭を振った。

サトシは、ゆっくり立ち上った。

「さて、仕事の途中だ。この壁面の作業まですませたい。それから、ゆっくりと俺のすまいで、話をしよう」

サトシは崖を指した。

「それまで、受粉を手伝ってくれないか」

私には、断る理由は何もなかった。私もうなずき立ち上った。

「よかった。最近は体力が落ちてしまってなあ。崖の壁面は、中々できない。作業が終わったら、ロープを引き上げてくれないか」

ロープを腰に巻きながら、サトシは言った。崖を私は見下ろし、眩暈《めまい》をおぼえた。ほぼ、直角に、その崖は、そそり立っている。下界が数百メートルの底に見える。そして、壁面のところどころにエリランが点在しているのだ。

岩にロープを結び、私が、少しずつロープをたぐり始めた。サトシは、壁を少しずつ足をかけながら降下を開始した。

そのとき、声がした。

「サトシさんは、そこにいるの？」

女性の声だった。

私は、眼を疑った。年齢を重ねているが、その女性は恵莉だった。

私は叫んだ。

「恵莉。なぜ、ここに」

恵莉は崖の縁に立っていた。私は、サトシを見た。サトシは、両足を崖で踏んばり、ロープを右腕にかけていた。だが、驚愕の表情は隠せずにいた。サトシは恵莉を見上げていたのだ。再び、私は恵莉を見た。

それから、すべては一瞬におこった。

恵莉に眼を奪われたとき、身体が弾けるような衝撃を受け、私は、岩の上を転がった。ロープの重量が、消失したためだということがわかった。

私は、顔を上げた。

すでに、恵莉の姿は、そこにはなかった。

それがすべてだ。

ロープは切れ、サトシの姿は、なくなっていた。それが事故だったのか、サトシが、自分でロープを切ったのかは、わからない。さまざまな可能性があるが、それを確認する方法は、私にはない。

恵莉も、サトシの後を追ったのかもしれない。いや、あの瞬間的におこった唐突なできごとが、現実のことではなかったかもしれないという思いも、つきまとっている。本当に恵莉は現れたのだろうか？　現れたのかもしれない。だが、あれが、〝完璧なゴーレム〟では絶対になかったと言いきる自信も私には、ない。出現した恵莉は、私の潜在意識が、……いや私とサトシの二人の潜在意識に反応したゴーレムなのでは。ひょっとしたらサトシそのものも、〝完璧なゴーレム〟だったかもしれないのだ。かつては、存在したかもしれないサトシの遺留品を身にまとったゴーレム……。いや、すべては可能性の話だ。

どれが真実だったかという答は、私は永遠に得ることはできないだろう。

ひとつだけ確実なことがある。

私は、今も、サトシの山上の住まいにいる。サトシの遺《のこ》した受粉の道具を使い、エリランの繁殖を助ける。人類の贖罪の仕事のために。

サトシも恵莉も、今はいない。だが、ゴーレムのサトシと恵莉は、肩をならべ、私の受粉作業を、いつも眺めている。そのサトシと恵莉は、数十年前の姿のまま。

私は、その微笑みあうゴーレムたちに声をかけることはできない。あたかも、この世で完成できなかった完全な愛の具象を、ゴーレムたちが代わって完成させているという厳粛さを備えているからだ。

しかし、そのゴーレムたちの姿が、確実に私の意識下から生まれたものであることも、私には同時にわかっている。

受粉を続ける。

受粉を続ける。

私が死んだとき、エリランは絶え、ゴーレムも、存在しなくなる。そのとき、メモリアル・スターは、再び惑星コードの星に変わることだろう。

ローラ・スコイネルの怪物

――B級怪物映画ファンたちへ

ローラ・スコイネルの話かね。ああ、そりゃあ構いやしない。もう何十回、人に話したかわからないけれど。ニュースキャスターや新聞記者、それにルポライター。だけど一度も、わしが言ったとおり正確に報道されたことはなかったさ。報道の際に、みんな脚色が加わってた。「レディ・スコイネルは超常能力者?」とか「ローラ／怪物の帝王」の見出しでね。もう、ローラ・スコイネルは伝説の人物列伝の一人になってしまったのかなあ。

何度も話していると、語りべみたいなもので、思いだそうと努力しなくとも言葉のほうが先に口をついて出てしまう。だから、あんたにもう一度、話をしたところで別にどうってことはないさ。どうしても聞きたいのかね。

まず、ローラ・スコイネルの名前が世間に知れわたったのが、一九八一年のことだった。六月じゃったかな、デンバー発ロサンゼルス行きポール・パニヤン航空ボーイング727旅客機が、高度八千メートルで空中分解を起こすという事故があった。覚えておるかね。そうか知らないのか。まあ、いいさ。

その時、一人だけ生存者がおったのだ。それが、ローラ・スコイネルだったというわけじゃ。

わしは、その頃、超常現象のルポライターをやっておった。どこそこでUFOが出現したと聞けば、飛んでいって目撃者の話を集め、念力を持つ人がいると聞けば、インタヴューに行き、原稿を書いて生活しておったのさ。しかし、取材にいっても、ほとんどがガセネタでな。わしは食っていくために、いかに、取材した事件が読者に真実らしく伝わるか……そんなことに腐心しつつ原稿を書いておったのだ。

ポール・パニヤン航空の事故の記事を読みながら、わしの頭に閃《ひらめ》いたものがあったのだ。

「八千メートルの上空から、奇跡の生還」

そんな見出しが脳裡に浮かんだのだ。生存者ローラ・スコイネルという女性の名前にも妙にひっかかるものがあった。となると、これは何か、わしのカンみたいなもので、アメリカへ取材に出かけていくことにしたのだ。発作的な決断じゃったろう。

まず、わしは、ポール・パニヤン航空の事故調査担当者に会いに行った。そこでわかったのは以下のことだった。

事故当日は晴れており、前線面のじょう乱もなかったようだ。地表面が加熱されて局地的上昇気流をおこしたものか、高山を通過する際に晴天乱気流にであったものか何とも結論を出しかねる。ボイス・レコーダーでは機体自身の異常は確認されていない。また、パイロットも正常な精神状態であった。何とも原因の決め手に欠けている。悪魔に魅入られたとしか言いようがない。

わしは、担当者に別れを告げ、次に、ローラ・スコイネルのいる病院へ行ったのじゃ。ローラは、聖ジェームズ病院の精神科にいた。

彼女は、墜落の際、まったくの無傷だったのだ。ただ、墜落のショックで精神錯乱を起こしており、一時的に入院させられていることを知ったわけさ。

面会はなんの悶着もなく、すぐ許可された。

ローラ・スコイネルは個室でベッドにぽつんと座っておった。

長い金髪の少女だった。十八歳か、そこいらに見えたのだ。やや腺病質のように見える痩せぎすの少女で、大きな瞳を持っていた。少くとも、八千メートルの上空から飛び降りて耐えうる頑健な肉体の持主には見えなかったのだ。

わしは、東亜の果てから、あなたを取材にきたのですと、ていねいに自己紹介した。

「よく助かりましたね」

そうわしが言うと、ローラは一つ大きくうなずいた。瞳に涙を溢れんばかりに溜めていたから、単純にわしは、自分が命拾いしたことに対しての涙だろうと思っていたのだ。

「ブロッコリミーのせいです。私が、ロサンゼルスの大学に行くことを知って追っかけてきたんです」

わしは、最初、彼女が質問の意味をとり違えているのではないかと思ったほどじゃ。

「ブロッコリミーは力の加減ができないんです。じゃれついてきただけかもしれない。でも、今じゃ、ブロッコリミーの力は強大すぎる。三百人もの乗客を巻きぞえにしてしまって……」

わしは、彼女が自分一人生存できたことに罪の意識を抱いているのではないか……そう単純に理解していた。とにかく、わしの、その時の興味の焦点は彼女がどうやって八千メートルの上空から無事に生還できたかということじゃった。

「飛行機が空中分解したときのことを憶えておられますか。私は……ミス・ローラ。そのときの状況を詳しくうかがいたいのですが」

わしは、自分の質問の内容がローラに残酷に感じられるのではないかと恐れつつ口にしていたのだ。だが、ローラは歯切れのいい口調で短く答えてくれた。

「ブロッコリミーが窓の外から、私に話しかけたんです。私がお帰りなさいといったら、あんなことをやって」

ブロッコリミーだ。そうだ。わしは、この少女に以前に会ったことがある。その時思いだしていた。

「**ブロッコリミー。ここへおいで**」

その言葉が、古い記憶の中から掘りだされていた。それは、その時点より十年もさかのぼることになる。

コロラドの念力少女。

わしは、そんな話を聞いてコロラド州へ取材へ行ったことがあった。観念動力《テレキネシス》を持つ少女がいるという話だった。小石を宙に浮かべ、池の水を吸いあげることが可能だという少女。何万人かのわしの読者の好奇心を満足させることができるという単純な理由で、日本からはるばるコロラドへやってきたのだった。

長い超常現象の取材生活のうち、本当にこれは凄い現象だと恐れいったことは数えるほどしかなかった。

コロラド州の小さな町、フェアリー・スピリット・シティの少女ローラがその一つだった。母親のスカートの陰に隠れていたローラは中々わしに馴染んでくれようとはしなかった。八歳の少女は繊細な神経でわしの価値判断に奮闘しとったのじゃろうな。わしは超能力少女ローラの歓心を買うために、いろいろなことをやって見せたものじゃ。

母親は、ローラが神経過敏な子でカンが強くて困るとしきりに言っておったよ。ようやく、ローラがなついてくれたのは、わしが折紙で鶴を折ってやってからのことだ。少女は、ようやく、わしの手を引いて家の裏の草原に連れて行ってくれたのだ。

「小石を持ちあげたりしてくれるかい。ローラの手を使ったりしないで」

ローラは言った。

「もちろんできるわ。ブロッコリミーに頼むのよ」

ローラは大きな瞳を閉じて何かを念じはじめたのじゃった。

「ブロッコリミー。ブロッコリミーここへきてちょうだい。お客さんがブロッコリミーに会いたいって」

少女は折鶴を手に持って念じ続けていたのじゃ。

ブロッコリミーって何だろう。わしは単純にそう思った。念動力を発現させるための呪文の一種なのだろうか。

「ブロッコリミーがきたわ」

少女は笑顔を浮かべて、満足そうに言ったのだ。わしの眼に何も映るはずがなかった。

「ブロッコリミー。これ、日本の折紙で作った鶴よ」

少女が折鶴から手を離した。しかし、わしの折った鶴は、そのまま宙に浮かんでいたのじゃ。

折鶴はそのまま屋根の高さほどまで上昇し、両翼をはばたかせながらその位置に静止しおった。

「ローラが、折鶴を浮揚させているのかい」

わしは、その現象のあまりの見事さに驚きながら少女にたずねたのだ。

「んーん。ブロッコリミーよ。そこにいるじゃない」

わしの眼には何も見えなかった。たぶん怪訝そうな表情を浮かべておったのじゃろう。ローラは微笑んで、中空に浮かんだ折鶴にむかって叫んだ。

「ブロッコリミー。降りておいで。お客さんだから」

折鶴が、わしにむかって急降下してきたのじゃ。それから鼻先、数センチのところでぴたりと静止した。

「ブロッコリミー。お客さんにごあいさつなさい」

折鶴がぴょこぴょこ跳ねながら、わしの周囲をまわりはじめたのだ。

「ブロッコリミー。ちゃんとごあいさつができないの」

すると折鶴はむきを変え、ローラの方へ飛んで行った。

ローラが両手を前に差出すと、少女の髪は風になびき、フリルのついたスカートがひらひらと揺れた。

「だめよ。だめじゃない。そんなにじゃれついてきちゃ。ブロッコリミー。やめなさい」

わしの周囲は完全な無風状態じゃった。草原にも、そよ風一つなかったのじゃ。それなのに、ローラのいる場所だけに風が吹きつけていたのじゃ。

「ローラ。ブロッコリミーって何だい」

ローラは眼を細く開き、わしにむかって答えた。

「わたしの、おともだち。小さい頃から、いつも一緒に遊んでいるの」

確かにローラの他に何かがいるのじゃった。正体は、はっきり何とは言えないが、ポルターガイストでもなく、ローラの観念動力でもなく、一つの意志を持った存在がローラのそばにいるのじゃった。

「どんなおともだちなんだい」

「ここにいるじゃない。鬼ごっこしたり、かくれんぼしたり、そんなおともだちよ」

折鶴はくるくると回転を続けておった。折鶴自身に生命を吹きこまれたようにだ。

「ブロッコリミーが、そろそろ退屈したみたい。もう帰るって言ってる」

わしは、あっけにとられていただけじゃった。ただ、うなずいていた。それが失敗だったと思う。

「じゃあ、いいわ。ブロッコリミーお帰りなさい。折鶴も持っていっていいかって。いいわ。わたし、また、おじさんに折り方を教わるから」

折鶴はわしたちを残して遠ざかっていった。驚いたのは、草原に入っていく折鶴の周辺の丈の高い草が左右に薙ぎ倒されていくことじゃった。何か、そこに物体が存在し、草を押しわけていくかのように、ぽっかり空間が存在していることがわかるのじゃ。

透明な何か。形はあるが何か眼に見えない〝ローラのおともだち〟が草原を渡っていくのだった。

わしは、その時のことを記事にしたが、同時に載せた写真もローラと宙に浮かんだ折鶴という迫力のないものじゃった。その記事はなんの反響もよばなかった。数日後に取材したネバダ州の円盤同乗青年の胡散くさい独占インタヴューのほうが、よほど評判になったものだよ。

ローラ・スコイネルは頭のよい娘じゃった。わしが教える折紙をすぐに覚えておったほどじゃからな。ただ、帰国してからも、あの不思議なブロッコリミーの存在は頭のすみにひっかかっておったのじゃよ。

そして十数年後のローラ・スコイネルとの不思議な再会で記憶を蘇らせたというわけじゃ。ベッドに腰をおろしたローラ・スコイネルの瞳は、あのコロラドの田舎で会った少女と同じものだったのだ。何故もっと早く気がつかなかったのじゃろうと自分でも不思議なほどだった。

「昔、私は、あなたにお会いしたことがありますよ。憶えておられませんか」

ローラはわしの顔をじっと凝視した。それから、ゆっくりうなずいた。

「鶴の折り方を教えてくれましたわね」

彼女は、わしのことを思いだしてくれたんじゃ。

「そうです。あのときもブロッコリミーのことを話しておられた。まだ、あの時ローラさんは幼女でしたから、はっきりしたことが、あなたの口から聞くことができなかった。ブロッコリミーとは、いったい何なのですか」

ローラはわしの質問に、どう答えるべきなのか懸命に言葉を選んでいる様子じゃった。

「ブロッコリミーが私を助けてくれたのです。あれは、飛行機がどんなものかということを全然知らなかった。ブロッコリミーが飛行機を壊したのは、私を助けだすためだったのです。分解した飛行機の中から私は救いあげられました。そのまま、そっと地上まで運んでくれたのです。

ブロッコリミーは生物なんです。子供のころからずっと一緒に遊んでいました。初めてブロッコリミーと会ったのは、いつだったのでしょうか。おじさんに会う数年前だったはずです。窓から部屋の……私の部屋の中に入ってきたんです。名前も、そのとき私がつけました。金魚鉢にとびこんだ姿が、まるでサラダにはいっている、ブロッコリイみたいな形だったんです。そのころは大きさも十センチ立方くらいだったでしょうか。便せんを持ちあげるのが最大の力だったみたいでしたから。おじさんにブロッコリミーを紹介したときは一メートル立方くらいには成長していました。

あれは気体生物なんだと思います。でも、いまでも私のおともだちであることに変わりはないんです。なぜ、あんな生物が存在するのかとか、学問的なことはわかりませんが、私たち同様に、ブロッコリミーは考えることができるんです。それに私にも話しかけてくれます。他の人たちに意志を伝えようとしたことはないようでしたけれど、それは私と話をしていれば他の人と意志を通じあわせる必要性は何もないからだと思いますわ。ブロッコリミーが何を食べているかとか、何時の時代からそんな生物が発生したのかとか、私には興味はありません。でも、あれの知能はまだ八歳のころの私と同程度なんです。まだ、私を慕ってくれています。でも、悪気がなかったにしろ、あんな事故をひきおこしてしまって……」

わしは、まだ信じられなかった。気体生物と言われても、その概念がイメージとしてぴんと浮かんでこないのだ。

「ブロッコリミーは成長するのですか」

「ええ……。デンバーから出発するまえ、最後に会ったときは四十万メートル立方ほどに成長してました」

そのとき、わしは退室を命ぜられたんじゃ。婦長らしいのが来てな。面会時間が終了したことを告げやがった。抗議は聞き入れられなかった。

しかたなく病室を出ると、入れ替わりに数人の男たちがローラの部屋へ入っていったのだ。事故調査団の人々だと看護婦の一人に聞き憤慨したのじゃった。

それからの数日間、相も変わらず新聞紙上ではローラ・スコイネルの奇跡の生還の仮説やら、ローラの近況報告、彼女のプロフィルなどでにぎやかなものだった。

かといって、ブロッコリミーの存在を指摘した記事は皆無で、わずかに三流週刊誌で、ローラの幼女時代の超能力ぶりを記事にしたものが一つあり、ローラは念力で助かったのだと結んでいるものがあったが、これは例外中の例外じゃろう。〈ラッキー・ガール／ローラの理想の男性像は？〉というミーハー的記事のほうが、どれほど多かったかもしれない。

それと同時に、わしは奇妙なことに気がついた。飛行機の墜落事故に関する報道が異常に多いように思えてきたのだ。最初、単純にアメリカというのは飛行機事故が発生しやすい国なのかと考えておったら違うらしい。それも、最近になって急増しておるということじゃった。そして、事故発生がカリフォルニア州に集中しているのだ。

その事故ケース群には一つの暗合が存在するような気がしたのじゃ。

無風状態に近い状況で、すべての飛行機が着陸態勢に入る前後に地上に激突しているのだ。ほぼ同時刻に着陸したどの飛行機も危険を訴えていないのに……。

フライトレコーダーの記録によれば、機体は、強い下降流を受けて瞬間的に地上にたたきつけられていたのじゃった。

これだけ事故が重なると、一つの見解が定着するようになるものだ。学者たちの想像力から生みだされた仮説は、「下降噴流《ダウン・バースト》」のせいということだった。

ダウン・バーストというのは雷雲が空からなだれ落ちてくる雲の崩壊現象と考えられている。この下降流は直径が一、二キロメートルほどしかなく、雷雲が急成長して噴出するものだ。周囲の数倍の強風となる。実際のダウン・バーストによる被害で森林の樹木をなぎ倒したり、家屋を倒壊させる被害を見ることができるから、なるほど学者の仮説で世間の人たちは納得しているようだった。

だが、ひっかかるのが、晴天の日にもそういう事故が起こっているケースがあるのだ。ダウン・バーストが発生する前提として、雷雲が存在しなければならない。晴天の日に発生したことについては、その仮説では何も触れられてはおらず口をつぐんでいるのじゃった。

これはブロッコリミーではないかと考えたのだ。

ブロッコリミーがローラ・スコイネルを探しているのだ。離ればなれになった友人を求めて、あてもなく飛行機を覗きこんでいるのではないかと……。

しかし、その証拠も何もなかったから、わしはなすべがなかったのじゃ。へたに話をその筋に持ちこもうものなら、サイコ扱いされるのがオチだからなあ。「ローラ・スコイネルの子供時代からの友達で、気体生物のブロッコリミーというのがいるんです。その気体生物がローラを探しているから飛行機が墜落するのです」わかっとったのじゃ。そのとき、わしが、どういう視線をうけるかをな。やつらはこう思うじゃろう。「ほう、超常現象の研究家が気体怪物の警報にきた。はてさて、どうやれば興奮させずにおひきとり願えるものかな」

そして、ついに、例の下降噴流にでくわして奇跡的に着陸に成功したパイロットがテレビに登場したのじゃった。

パイロットはその時の気持を、地獄の渦から脱けだした恐怖……と表現しておった。

「突然、機体が震動しはじめたのですよ。飛行機全体が何かにすっぽりおおわれて揺さぶりをかけられてるみたいで……。それから、不思議なんですよ。窓の外に、紙で作った鳥のようなものが見えました。ほら日本人がやる折紙ってやつですよ。あれが浮かんで窓の外にいたんです。地上数メートルで機体をたてなおしたときは生きた心地はありませんでしたね」

そのテレビのスイッチを消すと、ローラの入院している聖ジェームズ病院へむかったのだ。間違いない。あれはブロッコリミーだとな。タクシーの中でわしは足踏みしておった。病院へ着いたらローラ・スコイネルを連れてどこか……公的機関にとびこむつもりじゃった。とにかく、笑われようが、狂人扱いされようが、これ以上ブロッコリミーによる被害を増加させるわけにはいかない。そう思ったのじゃった。

病室で、ローラ・スコイネルは屈強そうな男たちに囲まれていた。ローラは服を着ており、今にもどこかへ護送されていこうとしているかのようだった。

「ローラ。どこへ出かけるのか」

わしは、焦ってそう叫んだ。

「やはり、ブロッコリミーだ。被害はますます拡大するおそれがあるんだ」

私の言葉にローラ・スコイネルは弱々しくうなずいただけだった。

誰かが、わしの腕を握りおった。強大な力で抗いようのないものだった。

「あなたもブロッコリミーのことを御存知ですな。御同行頂いて御協力願いたいのですが」

連行されたのは軍の施設の某所だったと思う。否応もなかった。

わしたちは映写室へ案内された。白衣を着た老人たちが数人、早くも席に座っていた。わしとローラは同行した軍の将校から、その老人たちの紹介を受けた。流体力学とか、宇宙生物学とか、気象学とかの権威たちばかりだったのだが、いちいち名前までは覚えておらんよ。

ローラは、わしにそっと囁いた。

「ブロッコリミーのことをなんとか助けたいんです」

わしは、心配する必要はないと、ローラの背中を軽くたたいてやったのだが、わしとしても何の裏付けもないものじゃった。

「あの人たちはブロッコリミーを殺そうとしている。そして私にその計画に協力して欲しいと頼んでいるのです。私にはできません。あの人たちにとっては怪物でも私にとっては子供の頃からの遊び相手なのですから。ブロッコリミーは、まだ幼児のままなんです。単にブロッコリミーは私と遊びたくって、私のいどころを探しているだけにすぎないのです」

ローラは涙を拭こうともしなかった。わしは彼女に何も力づけてやれる言葉を持たなかった。話題を変えることくらいが関の山だった。

「ブロッコリミーは、私の教えた折鶴が好きだったみたいですね。ブロッコリミーを目撃した男が、折鶴を一緒に見たとテレビで話していた」

ローラは、そのとき、やっと寂しいながらも笑顔をとりもどしたのじゃった。

「おそわった折鶴はお気にいりでしたわ。毎日、私に折鶴をせがんでいましたから。私がカリフォルニアへ発つ日には、自分で折っていた千羽鶴をブロッコリミーにプレゼントすると、家の周囲をはしゃいで飛びまわっていたほどですから」

わしたちは顔を見あわせて微笑みあったのじゃった。ブロッコリミーという気体怪物も、そういう常識はずれの形態を持たなければ、憎めない存在だったに違いないという共感がわしたちの間に生まれたからじゃった。

一人の将校がわしたちの前で言った。

「お疲れのところ、誠に申しわけありませんが、これからフィルムによる被害記録を御覧になっていただきます。これが、ローラさん。あなたの言う、おともだちのブロッコリミーがやってきたことです。いま、あなたのおともだちが現実にどんな事件を起こしているか、よくご覧ください」

室内が暗くなり、映写機がまわりはじめた。画面には空港上空を旋回しているボーイング727が映っていた。

「これは偶然に撮影されたものです。いいですか。何かが画面の右下からボーイングを襲います」

その次の映像で、何かがボーイングを包みこんでいるのがわかったのじゃ。機体の色調が変化したのじゃった。それから信じられんことが起こった。飛行していたボーイングの上下が逆になり、空中に静止したのじゃ。数分そのままにあった機体は、突然、画面の外に投げだされた。まるで、おもちゃにあきた子供がぽいとそれを投げ捨てでもするように。

場面が変わって炎上する機体が大写しになった。出動する消防車。四散した破片群。ばらばらになった遺体らしきもの。炎をあげている死体。

「おお」

ローラが絶叫した。

「他にも同様の飛行機事故が、この三週間で二十五件発生しているのです。これは異常に多い数字です。しかも、目撃による報告は、このフィルムとまったく同じような発生状況を示しています。当初、われわれはローラさんのおっしゃっていた意志を持つ気体ブロッコリミーの存在を信じませんでした。しかし、現在では、それを信じる以外に筋のとおった解釈をすることができないのです。裏付ける証言も数多く収集しました」

映画は次に、郊外の住宅地を映しだした。しばらく、通りをよちよち歩く小児の姿と、その母親らしき人物が映っておった。母親はときおり、こちらへむかって手を振ったり、子供をあやしたりするようすが映っていた。プライベート8㎜といったようすじゃった。

突然、母親が子供を抱きかかえ、撮影している人物の後方を指し、興奮した口調で何かを喋っている様子だった。画面が変わった。

小高い山が映った。ズームで山の一部が大映しになった。その部分だけが樹木が陥没したように薙ぎ倒されているのじゃった。その範囲はかなり広大のようだった。正確にその広さはわからなかったが、山腹にしめるその範囲はかなり大きなものじゃった。

山腹のその巨大な空間はじりじりと移動しはじめておった。撮影者にむかって、その空間がにじり寄り始めているように見えたのじゃ。山の景観が疾風のような埃でかき消された。

街中へ侵入したのじゃろう。

それから叫喚地獄のような場面が続いた。家がまきあげられた。人が飛んだ。鉄筋の家屋が押し潰されるように崩壊した。

突然に画像が切れた。

部屋に灯りがついた。

「数日前にブロッコリミーは、ブラッディ・タウンを襲いました。残されていたフィルムからの記録です。この町には六百人の住人がいましたが、四百人が死亡しました。このフィルムの撮影者もそうです。ブロッコリミーは凶獣と化しているとしかいいようがありません」

しばらく沈黙が続いたのじゃ。

「ミス・スコイネル、われわれに心からの御協力をお願いしたいのですが」

将校らしい男はそう言った。

「協力とはどんなことでしょう」

「気体怪物ブロッコリミーを殺すことについてです。このままでは被害は拡大するばかりです」

ローラはゆっくりとうなずいた。もう、彼女は涙を流してはおらず、決意をかためたように見えたのじゃや。

「わかりました。御協力します」

学者たちが入れ替わりに、次々と、ブロッコリミーの殺害方法についての発表を開始した。われわれが、ここへ呼ばれるまでも気体生物をやっつけるためのいろんな手法がとられておるようじゃったが、いずれも失敗に終わったものらしかった。ヨウ化銀を注入して、凝結核を作り、消滅させようという計画や、冷却化して機動力を失くさせようという案はいずれも、不可能な机上だけのアイディアに終わってしまっていた。

軍が持っていたアイディアは次のようなものだったのじゃ。

ブロッコリミーが先ほどの映画にうつった町を襲ったとき、一つの奇妙な行動が目撃されていた。ブラッディ・タウンの中央に三千メートルのビルが建っていたのだが、ブロッコリミーは、ビルの右側だけを通過していたのじゃった。それによる一つの仮説がたてられておった。気体生物の組織は単細胞ではないかというのであった。つまり、ブロッコリミーをばらばらに切断すれば、気体生物は消滅させうるのではないかというのじゃった。

「軍は某所にスタジアムの数倍ほどの大きさを持ったディスポーザーを完成しているのです。敷地の上空を二枚のすのこ状の金属板で覆い、気体怪物をおびき寄せ、分解するのです。ローラさんには、その中に入ってブロッコリミーを呼ぶ役をやっていただきます」

わしは立ち上った。

「そんな、残酷な……それにかなり危険ですよ。そんなことを彼女にやらせなければならないのですか。それで確実にやれる保証はあるのですか」

「はい。彼女でなければできないのです。ブロッコリミーはミス・スコイネルを探しているのですから。彼女だから確実に呼びよせるのです。他のエサでは無意味なのですよ……失礼」

わしが今度は叫びだそうとしたときだった。

「お引受けします」

ローラはしっかりした口調で言いおった。たいした女じゃよ。

ロサンゼルスの郊外、砂漠地帯にドームはたてられておった。ドームの表面は四十センチ径の孔が無数にあいていた。その表面と二重にもう一枚の金属網が内部に仕掛けられておるのじゃ。簡単に、そういうもののこれがなかなか巨大でな。急々ながら、よくも、これだけの巨大な構造物が建造できたと感嘆したものじゃった。

ローラはそのドームの内部に入っていった。ドームのなかから、ブロッコリミーを呼び寄せようというのじゃ。

わしらは、ドームの脇の壕の中の部屋から外部を見ることになった。本来なら、この時点で、奴らにとってわしは何の価値も持たないはずじゃったのに、同行させてくれたのは、まだ気体生物の存在を一般に発表していなかったからだと思う。

奴らによれば、ローラは、精神の不可知の力でブロッコリミーに自分のいどころを知らせることができるはずだというのじゃった。

気体生物ブロッコリミーは現在のところカリフォルニア州でも限定された地域しか徘徊しないから、この地点へやってくる確率は非常に高いというのじゃ。わしとローラ・スコイネルはすべてのお膳立が終了してから連れてこられたに違いないのだ。

数時間が過ぎた。

ドーム内の映像に変化が起こったのじゃ。受像機のローラが立ち上っていた。

「ブロッコリミーね。私はここよ」

同時に、通信士が将校に情報を手渡した。将校は、もったいをつけながら発表した。

「うまくいっております。気体生命が、こちらにむかって直進しているようです。この速度なら……十分後にはその姿を現すでしょう。エサにかかりおったのです」

この壕の中のシェルターから、ドームの仕掛けをすべて操作することができるようになっておるのじゃ。他の受像機の一つに砂漠の遠景が映っていた。将校はそれを指していた。

「こちらの方角から、やってくる」

そのとおりじゃった。

砂煙が舞い上り、得体のしれん何かがものすごい速度で突進してくるのじゃった。巨大なエネルギーの塊といえばいいのじゃろうか。その存在の後方のものは、なにも見えない。視野にあるのは、猛り狂う噴流そのものだった。

砂塵が停止した。

他の受像機のローラが叫んだ。

「ブロッコリミーきたのね」

噴流は歓喜してドームの前にいた。砂塵はまさしく蠕動《ぜんどう》しておったのじゃ。

「だめ……ブロッコリミー。それ以上この中に近づかないで。お願いがあるの」

将校が、ローラの言葉を聞いて歯を剥きだし唸った。それから、いつでもディスポーザーを回転できるようにと指示をくりかえしておった。

「ブロッコリミーは私の仲間をたくさん悲しませてるわ。ここへ来てはいけなかったの。私のあとを追ってきてはいけなかったの。デンバーの田舎へこのまま帰りなさい」

すると、すねるように、気体塊がドームのまわりを跳びはねた。

「風速六十メートルです」

観測員の一人が叫んでおったよ。

「だめよ。私は、ここで勉強するの。何年かしたら帰ってくるから」

砂塵が消えたのじゃ。カメラを上空に向けて撮影させると、そこには、山々と草原が浮かび上っておった。ブロッコリミーが、自分の身体で蜃気楼を作り、デンバーの景観を創造して、ローラにデンバーへ一緒に帰ろうと説得していたのじゃ。

「だめよ。ブロッコリミー。そりゃあ、私だっていつもデンバーへ帰りたいわ。でも、私は私の生きる道があるんだし。お願い。ブロッコリミー私の言うことを聞いて。でないとあなたは……。だめ、私をここから救いだすなんて考えないで。これ以上近寄ったら……」

ドームがブロッコリミーの身体で覆われおったのじゃ。ブロッコリミーがローラ・スコイネルを助けようとして。

「いまだ」

将校が叫びおった。

すると、凄い勢いでドームが回転しはじめたのじゃ。ドーム内は土埃だらけでローラがどうなっておるのかも全然ようすが摑めない。ドームの全景の映像では、気体怪物がドーム内へ確実に吸いこまれていくのを見ることができたのじゃ。

わしは、ローラがどうなったのか心配で心配でたまらなかった。だから、再びドームが静止して将校や博士たち、それにシェルターの所員たちが小躍りしてブラボーを叫びだしたとき、わしの心はそこにはなかったのじゃ。気体怪物……いや、ブロッコリミーの遺体に覆われて窒息しかけたローラのイメージだけがわしの脳裏に広がっていたからだ。

将校たちは勝利に酔いしれていた。報道管制が解かれたのじゃろう。待機していた記者らしい連中がカメラをとりだしフラッシュをたきはじめた。奴らはローラのことなぞ、眼中にもないようすじゃった。

わしがシェルターを出るために部屋のドアを開けようと必死になっておったときじゃ。誰かがやっと気がつきおった。

「あの、怪獣退治のヒロインはどうした」

ドーム内の映像は土煙だけで、何も映っていなかった。それから皆は慌てて一斉にシェルターを飛びだした有様じゃ。

ドームの外から、口々にローラ・スコイネルの名前を呼んだのじゃ。

ローラの声がした。

「私は大丈夫よ」

意外な事に、明るい声がしたのじゃ。ブロッコリミーを殺されて悲嘆にくれているのではないかと予想していたにもかかわらず……。

ディスポーザーになった部分を開き、わしたちは土煙がおさまるのを待った。

そこにわしたちは見たのじゃった。

埃だらけになったローラにじゃれついている何百というブロッコリミーの子供たちの姿を。

ディスポーザーで粉砕され、ブロッコリミーは無数の生命体として蘇っておったのじゃ。

ブロッコリミーの子供たちの一匹一匹ずつが、折鶴を身体に入れて、てんでに飛ばしておったからじゃよ。千羽鶴のつむじ風じゃ。

それが何故わかったというのかね。

「ブロッコリミーだめよ。ほら、もっとお行儀よくしなさい」

ドームの中で明るい声をあげて笑うローラを将校たちや科学者たちはあっけにとられたよ

うにいつまでも眺めておったもんじゃ。

それでローラとブロッコリミーの子供たちがいまどうしているかというとな。「ローラ・スコイネルのウェザー・コントロール・カンパニイ」という会社を設立してだな。ほらたとえば日本に台風が直撃しようとするときなぞ、政府がこの会社に依頼するわけじゃ。するとブロッコリミーの成長した子供たちが何匹か出張してきて進路を変更させたりするわけだ。ハリケーン、サイクロンなんでもござれらしくてな。かなり儲かっとるらしいぞ。もちろん、社長はローラ・スコイネルじゃが、ブロッコリミーの子供たちはこの会社の株をそれぞれ持っているということだ。

誰か聞いたことあるかね。優良会社の株を持っているつむじ風の話なんぞを……。

ま、じゃから、今ではローラもブロッコリミーの子供たちも幸福に暮らしているのじゃよ。わしかね。わしは、やはり、その会社に高給で勤めさせてもらっている。肩書は「ウェザー・コントロール・カンパニイ」取締役折紙部長となっている。いつでも遊びにきなさい。ブロッコリミーの子供たちとローラに折紙を折ってやるところを見せてあげるから。

一九六七空間

「いろいろ愚痴っても、なぁんにもなりゃしないんですよね」

カウンターの中から頬杖をついた梨江《りえ》が、清太郎《せいたろう》のグラスに氷を足しながら自嘲的に言った。

スナック「るどん」の狭い店内には、梨江と客の清太郎の二人っきり。新たな客が入ってくる気配もない。外は雨。

「あたりめでも焼きましょうか」

清太郎は首を振った。

「いや、いいよ」

清太郎は、中規模の商事会社に勤務している。今日は大口の得意先の資材課長を接待した。二軒までは交際費でおとす許可を上司からとっていた。しかし、資材課長は気むずかしい男だったのだ。清太郎の案内する店の些細なことにケチをつけ、四軒もはしごをしたあげく、最後まで清太郎の社の納品姿勢にクレームをつけ、清太郎を罵り続けた。

資材課長をタクシーに乗せ、発車した車の排気ガスに何度も頭を下げながら、清太郎は妙に虚脱感に襲われている自分に気がついていた。

家へ直行して帰る気はしなかった。

妻や子供は、たぶん眠っているはずだった。清太郎が帰宅しても、起きて出迎えてくれるはずもないだろうし、悪くすれば閉めだされているはずだ。そして、翌朝は妻と妻に言いふくめられた子供が理由も訊ねずに清太郎を責めたてることは容易に想像できるのだった。

それから、清太郎はいきつけのスナック「るどん」に足をむけた。「るどん」には客は誰もいなかった。カウンターの中に梨江がぽつんと座って水割りを飲んでいた。

梨江は清太郎と同い年である。ローリング・ストーンズとコニー・フランシスの話題で、清太郎はそれを知った。鼻の高いうりざね顔で、涼しい目もとをしているので、とても三十を超えているとは思えなかった。そう化粧も施されていない。

「だいぶ飲んでらっしたみたいですね」

清太郎は唇をつきだし、顔をしかめてみせた。月に三回の頻度でここに立ち寄っている。

「接待さ。それより、最近なにか映画、面白いのを観ましたか」

梨江は、はっと顔を輝かせた。

「最近？　このまえ清ちゃんが来た後、何を観たかしら。ブライアン・デ・パーマの『ボディ・ダブル』でしょ。清順の『カポネ大いに泣く』それから、ミロシュ・フォアマンの『アマデウス』そのくらいね。この二週間で観たのは。で、今日のお昼は二番館で『フィラデルフィア・エクスペリメント』を観たの。これもなかなかよ」

「ふうん」

「でも、結末が少し甘いの。愛はすべてを救うって感じで。変わったSFファンタジィ映画よ」

「オール・ユー・ニード・イズ・ラブだな」

ふふっといった感じの寂しい笑顔を梨江は浮かべていた。

「映画特有の幻想よ。愛ってことに関してはね……。もと映研さんとしては何か観てる」

「いや、最近はほとんど観てない」

そうだ。いちばん最近に観た映画はなんだったのだろう。二年前に子供にせがまれて連れていった「ドラえもん」が最後だったかもしれない。

「ふうん。年間、最盛期には二百本観ていたという人が」

清太郎は照れを隠すように水割りを一気に飲み干した。遠い昔のことだな。能天気で、赤貧で、無軌道だったあの時代のこと。

清太郎は話題を変えることにした。しかし、適当な話題がなかなか思いつかない。仕事や家庭の愚痴を話すことも馬鹿げているし。

清太郎が一杯の水割りを飲み干すあいだに、南佳孝の「PEACE」と井上陽水の「からたちの花」が有線放送で流れていた。

「やっぱり、あの頃がよかったなあ。……」

思考とは無関係に、そんな言葉が清太郎の口をついて出た。

「あの頃って、いつのこと。やはり」

「あの頃さ。ぼくが能天気な学生さんで、映画漬の日々を送ってて、明日のことなんぞ何も考えず暮らしてた」

「何年ころ」

「ううん。一九六……六、七年ころかな」

「ああ、ダスティ・スプリングフィールドの『この胸のときめきを』とか流行ってたころね」

「うん、ビートルズが円熟期を迎えててさ、モンキーズなぞもいて、和製ポップスで、グループ・サウンズが全盛でさ。あの頃。天国みたいな時代だったんだなあ、俺にとって。金はなかったけれど、いろんな可能性だけは持っていてさ」

清太郎は話しながら、その語尾が自嘲的な響きを伴っていることを自覚していた。そうなのだ。いまの自分にとって、どんな可能性の人生が残されているというのだろう。

「一九六七年かあ。その頃は私は、城西町の喫茶店に勤めていました。『ドンチュー』っていう……今はもうなくなってるけど」

梨江は独り言みたいにいった。その喫茶店の名は清太郎は憶えていた。二度ほど行ったこともあった。しかし、そこに梨江がいたことは知らなかった。

彼女は未亡人である。そのことは清太郎は彼女自身の口から、はやくに聞いていた。彼女の口から「ドンチュー」の話が出ると、次は死んだ夫の話になるのだ。それは彼女の飲酒量のバロメーターにもなる。

「あのとき、あそこに勤めていなければ、あいつと知りあわずにすんだのよね。私たちだけ残して逝っちゃって、全然責任感がないんだから。こんなに私が苦労しているのを、あの世でわかっているのかしら」

吐きすてるような口調だった。彼女の夫は、建設会社の現場にでていた。小さな傷を作り、それが因《もと》で破傷風にかかった。医者にもっとはやくかかっていれば、と悔やむのだ。

清太郎は自分のことを思いだしていた。梨江は、一九六七年と無作為に過去の一時点を口にだしてみたが、それが、自分にとって具体的に何をなしていた年なのか、はっきりと認識できていなかったのだ。あの時代のメロディを聴くと何やら最近は得体の知れないほどの懐かしさに襲われる。モンキーズ。ビートルズ。ローリング・ストーンズ。ステッペン・ウルフ。アニマルズ。コルトレーン。モンク。タイガース。MJQ。ワイルド・ワンズ。テンプターズ。ウォーカー・ブラザーズ。フランス・ギャル。スパイダース。そうだ。そんなメロディを聞くと一九六七年の頃の自分を瞬間的に垣間見る。それは、繁華街を一人さまよっている姿であったり、スクリーンを凝視《みつめ》ている自分だったり、トランジスタラジオを耳にあて線路を歩いていたり、アルバイトで売子に立っていたり、悪友たちと酒を飲み大声で唄っていたり、ガールフレンドの一人に頬をひっぱたかれていたりする光景だった。その一つ一つを思い出そうと努力すれば、容易にその前後の経緯を引きだすことができるのだが、メロディが変わるたびにその光景は溶暗していく。

たしかに、そんなロックやジャズのメロディを耳にすると過去の一断面が視界に浮かびあがる。しかし、それの一つ一つは、まるで関連性のない清太郎自身の青春の静止画なのだった。

十九歳。

自分はこの町の私立大学に通っていた。たしか、二年生。文系の教養の時期。あまり、授業には出ていなかったような気もする。妻の代志子《よしこ》ともまだ出会っていなかったはずだ。

代志子……とはクラブの合同ハイキングで知りあったのだ。自分の現在の妻の代志子と、合ハイで知りあったときの代志子が果たして同一人物なのか、時々ふっと信じられぬことがある。あの時点の代志子は、口数が少なく、決して自己を主張し続ける少女ではなかった。笑うと、えくぼができ、自分が言った冗談に心から笑いころげていた。

それまであまり映画を観た子ではなかった。清太郎が、映画が好きだから、自分も映画が好きになったのだ。そう代志子は言っていた。

昔、あなたが映画が好きだったことを思いだすと、とても映画なんて観る気がしないわ。今の代志子は、平気で清太郎にそう言ってのける。

清太郎は時々こう考えることがある。

かつて自分の愛した代志子と、現在の代志子は完全に別人ではあるまいか。自分の愛した代志子も、時間が経過するたびに肉体の新陳代謝が促進され、古い細胞から新しい細胞に入れ替わっていく。そしてすっかり新しい細胞の代志子に変化しおえたとき、精神構造までも変貌をとげてしまっているのではないだろうか。だとすると、今、自分が一緒に暮らしている代志子と、自分が愛していた代志子とは完全に別人のはずである。

そんなものかもしれない。

そんなふうに自己を納得させなければ清太郎は自分が遣《や》る瀬《せ》ないのだった。

それは自分自身にも言えるのかもしれないと感じていた。「あなたは変わったわ」と背中を突き刺すように代志子に言われるとき、自分がどのように変化したのか。その正体も見極められないことが悲しかった。自分自身も代志子に愛されていた頃の自分自身から変化しているのは、たしかなようだった。

自分は何を失くしてしまったのだろう。清太郎は、そう自問した。

コップを置く音がした。

梨江が水割りを飲み干したのだった。

「ん」

清太郎が顔をあげると梨江と視線があった。

「何か、考えごとしてらっしたみたい」

「いや、別に」

清太郎はそう言いながら自分の酔いを自覚していた。もう頃合いかもしれない。

「そろそろ帰る」

カウンターから立ち上りかけた清太郎に、梨江が言った。

「待ってください。もう、お客様は見えないみたいだから、お店を閉めちゃいます。そこまで、御一緒しますわ」

カウンターを急いで梨江が拭きあげると、すぐに消灯して二人は「るどん」を出た。

「きょうはね、お客さんは清太郎さんだけだったんですよ。この調子じゃお店、潰れちゃうかな」

そういいながら、梨江は、傘をさしかけた清太郎の左腕につかまった。どうりで、売上の計算も必要なかったのだろう。梨江がこの店を一人で切りまわしているのはわかっていた。しかし、この店を出店する際の資金はどこから出ているのだろう。パトロンがいるんだろうか。それとも夫の遺産だろうか。そんな下司《げす》っぽい考えを浮かべている自分に気づき、清太郎は恥じらいに耳たぶが熱くなるのを感じていた。

「どこまで送っていけばいいの」

「二丁先のビルの七愛幼児園です。娘をひきとって、それから帰りますから」

二人は腕を組んで黙って歩いた。酔っぱらいの群れと数組すれ違った。無意識のうちに清太郎は口笛を吹いていた。

「〝アンド・アイ・ラブ・ハー〟ですね、ビートルズの」

「あ……。そうだったのかな」

清太郎は頭をかき、口笛を吹くのをやめた。梨江が寂しくふふっと笑った。

「清太郎さんに、その頃会ってたら人生は変わってたかしら」

清太郎は答えなかった。答えてどうなるという性質の問ではなかったからだ。

答えはしなかったが、頭の中では、梨江の質問が渦巻いていた。昔、梨江と会っていたら、清太郎は多分、梨江に対して好意以上のものを持っていたのだろう。しかし、それを考えても仕方のないことなのだ。

「何故、その頃に清太郎さんに出会わなかったのかしら」

諄《くど》いように梨江は駄目を押した。清太郎は左腕に圧迫感を感じた。梨江は左腕を握りしめていたのだ。

ビルから出てきた梨江とその娘をタクシーに乗せ、発車を見とどけると、清太郎はしばらくその場に佇んでいた。

二、三歩、身体を動かして奇妙な錯覚に陥った。七愛幼児園のビルがなければ、自分はこの光景に見憶えがあるような気がしてならなかったのだ。清太郎は、そのビルが最近できたばかりであることに確信を持っていた。

そうだ、昔は、……数年前まで、このビルはなかったはずだ。学生時代……むこうの路地にあるスナックによく通ったものだったっけ。ビルが一つ建っただけで街の風景はこんなに変わってしまうものなのだろうか。

清太郎は無意識のうちに、その路地に足を向けていた。「ヤング・ラスカル」そんな名前だった。マスターのニックネームからとった店名だったような気がする。安い店で、コンパの帰りは必ずここに流れてきていたようだ。角の水割りを百円で飲ませてくれていた。まだ、あるんだろうか。十年以上も、この路地に足を向けていないのだ。

郷愁だろうとは感じていた。しかし、自分の刻みこんだ青春の断章が路地むこうにあるとすれば……むしょうに清太郎はその「ヤング・ラスカル」の立看板が見たくなったのだ。

「ヤング・ラスカル」の看板は、変わりなく、そこにあった。しかも、その看板は、まだ照明で灯されていた。霧雨に浮かんだ昔のままの……。

清太郎はためらわなかった。「ヤング・ラスカル」の扉を開いたのだった。

「らっしゃい」

髭をはやしたマスターだった。あの時代、三十代なかばくらいだったから、現在は五十をかなりまわっているはずだろう。

「清ちゃんだね。何年ぶりだい」

氷を割りながらマスターが顔をむけた。

「何年ぶりだろう。久しぶりですね。近くを通ったもので、懐かしくなって寄ってみたんですよ」

「何にする」

「あ、例の……」

「角の水割りね」

すべてが昔のままだった。カウンターの隅に置かれたメガネをかけた椰子の実製の猿、マリリン・モンローの水彩画、壁に貼られた無数の一円札。

マスターはSPのレコードをとり出し、針をのせた。曲はモンキーズの「アイム・ア・ビリーバー」だった。

マスターと清太郎は顔を見合わせ、言葉を交すことなく微笑みあった。

このマスターは底の知れない人間的な深さを持っていた。清太郎とその仲間たちが議論を白熱化させたとき、マスターは諧謔《かいぎゃく》的なジョークでその場をなごませるのを得意としたものだった。かといって、茶化すというのではなく、適切な教訓をその後で簡潔に語ってくれるのだ。スナックのマスターというより、青っぽい学生時代の自分たちの兄貴分のイメージを持っていた。

「もう落ちついてるみたいだね」

マスターは薄いブラウンのサングラスのつるを押さえながら言った。

「ええ、子供が一人」

「幸福なんだね」

「ええ……ま、まあ」

「ふうん。素直な返事じゃないんだな。贅沢じゃないのかな。奥さんが浮気したとか、子供が病気してるとか、明日食べる飯に困ってるというのでなければね。幸福な結婚はあっても楽しい結婚ってのはないんだって……誰かが言ってたよ」

このマスターと話していると、まるで十数年前の学生時代に逆行してしまったような気分になってくる。……清太郎はそう思った。もう五十をはるかに超えた年齢のはずだった。だが、目の前のマスターは、昔のままのマスターなのだ。三十なかば。清太郎と同い年ほど。

「マスターはずっと『ヤング・ラスカル』をやってるんですか」

カウンターの中でマスターは肩をすくめ両手を広げてみせた。何て変な質問だったのだろう。しかし、マスターは口をUの字に曲げて笑っていたのだ。

「今は、この店、妹夫婦にまかせてるんだ。俺は、親の残してくれたアパートの家賃でぐうたらな暮らしさ。もっとも、この店も趣味半分でやってたんだけどな。で、ね。妹が今日、出産というんでヘルパーとしてきているんだ。六、七年ぶりなんだぜ。こうしてるのは」

それから角の水割りを差し出す。

「へぇ。じゃあ、今日、マスターに会えたというのは本当に偶然だったんですね」

「そういうことだね。俺もつきあおうか」

マスターはそう言うと、ウィスキーをコップに半分ほど注ぐと一息で飲み干した。

「再会の乾杯さ」

平然としているマスターに、清太郎はあわてて水割りを飲みほした。

「生きていてつまらないのか」

「……なぜですか」

「数年間も、ここに足を向けてないっていったろ。それが、思いだしたように、訪ねてきた。日常に満足してないってことさ。昔はよかったと思いだしたんだろ。それは一種の逃避に相違ないからな。つまり現状に不満を持っていることになる。そうじゃないの、清ちゃん」

清太郎の精神内部で日常のうとましい光景が閃光した。会社に於けるルーティン・ワークの型にはまった日々。軌道から外れることのないマニュアルどおりの職務内容。改善点の申請もとりあげられず、リスクなしの指示だけが与えられる。何度、夢の中で殺したかわからない上司、それに得意先の資材課長の顔、顔、顔。

家庭。代志子と二人。沈黙の時間。沈黙の時間。沈黙の時間。沈黙の時間。テレビの漫才番組。沈黙の時間。沈黙の時間。沈黙の時間。家計の困窮。愚痴。愚痴。愚痴。沈黙の時間。沈黙の時間。沈黙の時間。それが深夜まで続く。

清太郎はうなずいていた。

「そうかもしれません」

マスターは皮肉っぽい笑いを浮かべていた。

「ふうん。ええと、奥さんって、清ちゃんが卒業の前にここに連れてきたコだろう」

「ええ」

「可愛いコだったじゃない。まあ、いいやな。これは真理だぜ、よく憶えておきな。男と女ってのはな、結ばれる結ばれないに拘《かかわ》らず、傷つけあわないってことはないんだ。いずれ、どこかの時点で傷ついちゃうのさ」

「いや、ぼくは、そんなことは言ってないんです」

皮肉っぽい笑いを続けながらマスターは、もう一杯、水割りをさしだした。

「これは、おごりだ。……つまり、清ちゃんは、あの頃が懐かしくってたまんないんだ。ここで飲んで、馬鹿になって騒いでたころさ。清ちゃんが卒業して結婚もしてガムシャラに働いて、ふっと立ち止まって先を見たら、先の光景が見えちゃってて、何か虚しくなってるんだろ。そうなると、誰でもそうなんだ。自分のすごした青春時代が、無性に懐かしくってたまんなくなる。清ちゃんにとっては、それは一九六六…七…八年くらいなのかな」

清太郎にとってその指摘は図星だった。その年なら、すべてのやり直しがきく年代なのだった。もっと人生を冒険して生きていける可能性を持った年なのだった。

「そうかもしれないな。……もう、胸をときめかせる……っていう感情も長いこと持ったことがありませんし」

マスターはカウンターを平手で、ばしんと叩いた。それから角ビンを清太郎の前にすえ、

「よっし。ときめこうじゃない。他に客はこないし、今日はどうせ俺もアルバイトなんだ」

レコードをLPに替えた。ビートルズの「リボルバー」だった。鳴りはじめたのは「エリナー・リグビー」。

「そら、一九六七年だ」

二人は、同時にコップを乾した。それから再び、顔を見合わせ、わけもなく笑ってしまった。

「しかし、ぼくが入ってきて、よく、すぐにわかりましたね」

マスターは腕組みをして片目をつぶってみせた。

「もちろんさ。……と言いたいが種あかしがある。さっき、俺は接客用の仕事着を奥から引っぱりだしてたのさ。それがこの服」と言って胸を叩く。「数年ぶりに着てみたのさ。なんとか着られる」

「全然、そんなふうに見えないな」

「その時にね、シャツとズボンが出てきたんだ。誰のだろうと、よく考えてたら、清ちゃん、あんたのだ。それで清ちゃんを思いだしちまった」

「何故、ぼくのが」そう言ってから、清太郎はアッと言った。思いだしたのだ。

「アッ。あの裸おどりをやったとき、映研のコンパで」

そのとおりとマスターは叫び、笑い声をあげ、奥に消えた。しばらくして、彼は見おぼえのあるシャツとズボンをカウンターに置いた。それは白のコットンパンツと、ボタンダウンの青いチェックがはいったカッターシャツだった。それからベルト。青いスニーカー。綿の白い靴下。それとブリーフ。

「これが一まとめにして風呂敷に入ってた」

ごていねいに、漫画本まで一冊。COM、一九六七年四月号。ぱらぱらとめくると、ナギに剣をふるう猿田彦や恐竜に囲まれたジュン、新宿のバーにたむろするダンさんの顔が清太郎の眼にはいった。それから、映画評論、六月号。小林泰彦の描いたオードリー・ヘップバーンの似顔が表紙になっている。

清太郎は歓声をあげた。

「うわぁ。なつかしいなぁ。これ、全部そのまま残ってたんですか」

「ああ。忘れものだからな。清ちゃん、そんなネクタイをとっちゃって着替えてみろよ。あの時代に戻っちゃうぜ」

「また、そんな」

「気分だけでも違うだろう。あの時代に帰った気分になれるから」

「しかし、肥っちゃってるからなあ」

清太郎は口ではそう言いながらも、着替えるために席を立ち上った。

奥に更衣室があった。身動きするのがやっとで、そこで清太郎は背広を脱ぎ、コッパンや、カッターシャツを身につけた。あの頃はもっと瘦せてたんだな。そう一人ごちた。カッターのボタンをとめる時、懐かしい臭いのようなものが鼻をついた。コッパンのポケットに手を入れると何かが手にあたった。出してみると百円札が七枚と穴のあいた大きな五円玉、十円玉が三枚入っていたのだ。

「マスターどうなの。これが三十六歳の恰好かなあ」

清太郎はカウンターに戻って言った。照れだけは隠しようがなかったのだ。

「まだ似合うじゃない。昔どおりだ。髪型も変わってないし」

マスターはそう絶讃したのだ。

「だけど、目尻に笑い皺ができちゃってさ」

二人は声をあげて笑った。

「だけど、服をここに忘れてたのを何故気がつかなかったんだろう。どうやってアパートに帰ったんだろうな」

「たしか、ここへ来たときもしたたか酔ってたんだ。で、他の映研連中と飲んでて、ストリップをやるといいだして、カウンターの上にとびのってね。他に客がいなかったものだから、そのまま、泥酔状態でみんなタクシーに乗っていった。勘定は誰か払っていったよ」

昔はなんと無茶をやってたのだろうと清太郎は苦笑した。それから煙草を吸おうとして切らしていたことを思いだした。

「煙草ありますか」

「ハイライトか、セブンスターなら買いおきあるけれど。清ちゃんは昔と同じだろ」

「ええ。ショート・ピース」

「じゃあ、ない」

清太郎は立ち上った。「ちょっと買ってきますから」。曲が、「イエロー・サブマリン」に変わっていた。清太郎は思った。まさに昔のままだ。まさに一九六七年だ。

清太郎は近くに、深夜まで開いている煙草屋があることを覚えていた。そこで買うつもりだ。その恰好のまま、「ヤング・ラスカル」を出た。雨はあがって月が姿を見せていた。走ると、何か違和感が清太郎を襲った。その正体がいったい何なのか清太郎は気がつかなかった。煙草屋まで三分とかからない。

煙草屋は昔どおりの店構えだった。ポスターが貼られていた。横たわったバネッサ・レッドグレーブをデビッド・ヘミングスが激写している……そんな構図。〝欲望〟とあり、監督ミケランジェロ・アントニオーニとあった。前売券発売中。清太郎は気にもとめなかった。あんな映画をリバイバルしてもあたらないだろうに。

それから心は煙草のことに変わった。さっきの百円札を出してみようか。びっくりするだろうな。

「ショート・ピースを二つ」そして二百円を差しだした。

「百円でいいんです」四十すぎのおばさんは驚きもせずに百円札を一枚押し返した。それから「はい、ショート・ピース二つ。二十円のおつり」

思わず、清太郎は何か言おうとしたが、言葉にはならなかった。ショート・ピースは一ケ百円のはずだ。

「まだ何か」

不審気に煙草屋の女主人は清太郎の顔を覗きこんだ。「いえ、何でもありません」

清太郎は煙草屋を離れて気がついた。七愛幼児園のビルが消失しているのだ。先程の違和感の原因がわかったような気がした。

「ヤング・ラスカル」の扉を叩いた。「ヤング・ラスカル」は灯が消え、鍵がかけられているのだ。マスターは帰ったのだろうか。

清太郎はマスターの名を呼んだ。しかし、誰も答えはしない。店の中には背広を置いたままにしているのに。

煙草屋にとってかえした。公衆電話で、自宅の電話を呼んだ。清太郎は何か不吉な予感がしたからだ。予感はあたっていた。

——こちらは局ですが、おかけになった電話番号は現在使用されていません。もう一度ダイヤルするか……

清太郎は電話帳をくった。「ヤング・ラスカル」「ヤング・ラスカル」。

奇妙なことに気がついた。局番が二桁なのだ。三桁ではない。表紙を見た。

五十音別電話帳、昭和四十一年六月三十日現在。

清太郎は煙草屋の女主人に言った。

「最近の電話帳はないんですか」

黒白のポータブル・テレビを見ていた女主人は、面倒くさそうに答えた。

「今年はまだ、電話帳きてないから、それが一番新しいやつなの」

それから、ブラウン管に視線を返す。

「これが、一番新しいやつだって……。でも、載ってる局番は二桁ばかりじゃ……」

そこまで言って、清太郎は口をつぐんだ。女主人はニュースを見ていた。音声はよく聞きとれなかったが、画面はよく見てとれた。

映っていたのは……佐藤栄作……首相。

テレビの上にカレンダーがあった。五月、六月の日付が書いてあり、白のスーツを着た西郷輝彦が椅子に座り、笑いかけていたのだ。その日付の下の数字……一九六七。

清太郎はそれから、あてもなく街をさまよった。ベンチに置き去られた新聞で、異変が確実なものであることを認識した。

昭和四十二年五月二十日　土曜日。

「米軍、非武装地帯に進攻／ベトナム／北の砲兵部隊叩く／大規模な掃討作戦／〝聖域〟ついに消滅」

「行政管理庁、積極的乗り出し／公庫、公団の整理統合／佐藤首相、松平長官らと協議」

「ウ・タント総長カイロへ飛ぶ／二十二日アラブ首脳と会談／スエズ危機以来の脅威」

無意識に足は、自分がかつて住んでいた大学近くのアパートに向いていた。歩きながら自分がこのように過去空間に辿りついてしまった理由を思いめぐらしていた。自分は今まで確実に一九八〇年代にいたのだ。そして、今は一九六七年。清太郎は歩きながら路上に駐車された車のデザインの相違に気づいていた。箱型のコロナ。ボンネットの曲線が珍しいプリンス。エイを思わせる空冷式のパブリカ。八〇年代にはもうお目にかかることのできなくなった車ばかりだった。そうだ、まだこの時の日本は前途洋々の状態で、減速経済など、思いもよらぬ時代だったのだ。この頃からマイカーの普及が急速に進行していたのではなかったろうか。

商店街にはまだアーケードがついておらず、「大巨獣ガッパ」のポスターが濡れそぼっていた。

清太郎の視野に入ってくるもののすべてが、六〇年代末の特徴を備えたものばかりなのだ。人気のない街路に、ぽつんと灯りがついていた。灯りの前にショウ・ウィンドウがあり、清太郎はその前に立ち止まった。

「まさか」

清太郎は、ショウ・ウィンドウの鏡に映った自分に驚いていた。

清太郎自身、変貌していたのだ。六十五キロはあったはずの体重なのに、そこにはほっそりした五十キロそこそこの少年の姿があった。顔に手をあてると、そこにはごわごわした髭剃り跡の感触が消えていた。清太郎は二十歳を過ぎてから髭を剃りはじめたのだ。かわりにニキビの鈍い痛みが頬に広がった。自分の腕を凝視《みつめ》ると皮膚にみずみずしさが蘇っているようだった。若者特有の艶があった。

清太郎自身、一九六七年当時の……十九歳の肉体に変わっているのだ。

ショウ・ウィンドウの鏡の横に立ったマネキンに気がついた。そのマネキンはミニ・スカートをはいており、個性的なショートカットの瞳の大きな人形だった。ツイッギーだ。清太郎は思った。

清太郎は再び、学生時代のアパートに足を向けて歩きはじめた。

——何故、一九六七年の世界へまぎれこんだのだろう。

正確な説明がつくはずもなかった。清太郎はいつの時点でこの時代にまぎれこんだのかも、はっきりと思いだせないのだ。多分、「ヤング・ラスカル」を出て煙草を買いに行こうとしたときだろう。あの「ヤング・ラスカル」の空間は、あの時、一九六七年そのものだったのだ。清太郎の記憶にあるあの時代そのままの店内。そして一九六七年の音楽。清太郎自身が、その時代愛用していた衣服類。人為的に作りだせる限りの「一九六七空間」が、あの時の「ヤング・ラスカル」ではなかったのか。そして何よりも重要なことは、清太郎自身が六〇年代へ逃避したいという強烈な願望を抱いていたことだ。その意志の力も加わって「ヤング・ラスカル」の周囲の空間が一九六七年に時滑りを起こしたのかもしれなかった。

それが確実な答ではないかもしれない。しかし、現実に清太郎はそこに……一九六七年にいるのだった。

アパートへは三十分ほどで辿りついた。

階段を昇り、自分の部屋の前にとまどうことなく立った。迷うこともなく十数年前の部屋にやってきたことに清太郎は驚きを感じていた。肉体が憶えていたのかもしれないな……清太郎は思った。

扉の把手に手をかけ、表札に目をやった。そこには間違いなく清太郎自身の金釘文字で、清太郎自身の名前が書かれていたのだ。それから、急に不安に襲われた。

自分が、その時代に転移したのはいい。部屋もそのままだ。しかし……

この世界にも清太郎が存在するのではないだろうか。

しかし、その時、清太郎の疲労は極限に達していた。ためらいは瞬間的なものだった。清太郎は扉を開いた。もう一人の自分自身との再会。同一人物の二重存在。矛盾を解決するための宇宙の消滅。そんな考えが、その刹那、清太郎の脳裡をかけめぐっていた。

杞憂にすぎなかった。鍵もかけられておらず、なつかしい青春の臭いが鼻をついた。部屋を見回すと万年床。「MAD」のアルフレッド・ニューマンが「WHAT ME WORRY?」と言っている等身大のポスターが見えた。部屋中に積まれた本の山。ページが途中で開かれたままになっているT・カポーティの「冷血」。灰皿に置かれた吸いかけのショート・ピース。――吸いかけのショート・ピース?

ショート・ピースは確かに灰皿の上で紫色の煙を漂わせていた。つい今しがたまで、そこで誰かが喫《す》っていたかのように。

――誰が喫っていたのだろう。

そう呟いてはみたが、清太郎には直感的にわかっていた。万年床の掛蒲団の下に誰かが存在していたかのように、ポッカリ空間ができあがっていた。

――そうだ。この時代のぼく自身が、今までここで横になっていたのだ。

清太郎はカポーティの「冷血」をとりあげた。

――ぼくは、この本を買った夜に、一晩で読みあげたんだ。とするとこの時代にいたぼくは、この本を読んでいる途中で、ぼくが出現したことで、二重存在を許されず〝消えて〟しまったということなのだろうか。

清太郎はもう何も考えたくなかった。そのまま倒れこむように蒲団の上に横になった。この数時間の変革のショックが清太郎の精神内部をくしゃくしゃに消耗させてしまっていたのだ。

清太郎は夢を見た。夢の中で、清太郎は「ヤング・ラスカル」にいた。そこにはマスターがおり、梨江がおり、代志子がいた。皆が黙ってカウンターにうつぶせていた。スコット・ウォーカーの「孤独の太陽」が響いていた。いつまでも、いつまでもカウンターにうつぶせて、顔をあげようとしなかった。

宿酔《ふつかよ》いだった。音が続いていた。

重い頭をあげて、清太郎は眼を開けた。そこは昔、自分が住んでいたアパートなのだった。音は誰かが扉をノックしているのだ。清太郎はノックの音で眼を醒ましたのだった。

「おい。清ちゃん、起きてるのかい」

若い男性の声だった。

「ああ、起きてます」

頭を抱えながら清太郎は言った。

「じゃあ入るぞ」

鍵なぞかかっていないことを先刻承知の声だった。

「わっ、臭えなぁ。酒飲んだのか」

清太郎は、部屋に入ってきた青年の顔を凝視《みつめ》ていた。すぐに思いだした。同じアパートに住んでいた本郷だった。本郷は清太郎と同じく大学の映画研究会に入っていた。北九州市が実家で、大学四年のときに彼は年上の女と同棲するようになって映研から遠ざかっていく。その頃から清太郎は本郷とは疎遠になったから、社会に出てからの彼の消息はよく知らなかった。

「本郷くん……か。何だい」

「清ちゃんこそ何だい。狐につままれたみたいにして。宿酔いなんだろう」

清太郎はうなずいた。

「合ハイに遅れるぜ。行くっていったろう」

「何の合ハイだ」

「西女短大の広告研究会との合同ハイキングさ。清ちゃん、昨日は行くって言ってたぜ。何をぼっとしてるんだい。あちらさんとは人数合わせやってるんだから」

「ぼく、頭が痛いんだ。辞退するよ」

清太郎は言った。それは本音だった。

「わっ。知らないぞ。誰か代わりを探さなきゃ。映研のやつといえば、行きそうな奴は滓《かす》しか残っとらんもんな。ほら、前の部屋の松本ぐらいしかさぁ」

本郷が一気にまくしたてていると、開きっぱなしの扉のむこうから、もう一つの顔がのぞいた。顎の長い受け口の顔だ。清太郎はもとの世界のテレビにアントニオ猪木の顔が出るたびに誰かに似ているというもどかしい思いにとらわれていた。その疑問が今、氷解していた。その誰かとは、この松本だったのだ。

「何か俺の噂、してたぁ」

慌てて本郷は愛想笑いを浮かべていた。

「やぁ、やぁ、松本くん。ちょうど良かった。西女短大の合ハイに行かない。メンバーが一人足りないの」

「女の子、好き。行く。行っちゃう。ちょっと待ってよ。整髪してくっから」

松本は口笛を吹きながら、自分の部屋へ帰っていった。

清太郎の部屋に残った本郷が、顔をしかめた。後悔しているのだった。

「あー。しまった。言わなきゃよかった。最悪のケースだな。公害を連れていくようなもんだな。西女短大の保護者の方に申しわけないなぁ」

松本に関する思い出は、清太郎はあまり持っていなかった。人づてに聞いた話では、いい印象は受けなかったし、深い交際をすることもなかったからだ。彼は淫乱という噂だった。性器が最高学府に通っているという話だった。彼の部屋にはヌード雑誌と整髪剤と櫛と鏡しかないということだった。女といえば美醜を問わず尻を追いかけまわす。強引で図々しく、目的を達するまで押しまくるそうだった。女と接しない日が一週間続くと、鼻血をたれ流し、猛り狂って友人たちにあたり散らし、時として男友だちであろうが襲いかかる気配を見せたという。肥後守《ひごのかみ》で自分の性器にパチンコ玉を埋めこもうとして血みどろになっている姿を見たものもいるという。視床下部に血腫があるのではないかという説もあった。淫乱なのは、その血腫のためだというのだ。ただ、その相手が常に変わっていなければならないというのが松本の信念であることを清太郎は、松本自身の口から一度聞いたことがある。プレイボーイ気取りだったのだろう。清太郎自身も数回、松本が異なる女の子と歩いているのを目撃したことがある。

何故、彼が映研に入っているのか不思議でたまらず質問した。伴淳の「二等兵物語」しか映画は観たことがないと松本は公言していたからだ。

「だって、かっこよさそうだったじゃない。女の子もたくさんいるんじゃないかと思ってたしぃ」

それだけの理由で彼は映研に入っていたのだった。数年後に彼は性病にかかるはずだった。最高に性質の悪い種類のものであり、脳をやられて廃人と化すことになっている。それを数年後に再会するやはり映研の南里に聞かされるのだ。

「お待たせ。女、女のトコ。女、女のトコはやく行こう」

松本が髪を淫蕩な感じで撫でつけて荒い鼻息で入ってきた。清太郎は思った。ほんとうに松本は卑猥な顔をしている。

　本郷は仕方ないなという感じで肩をすくめてみせた。

「じゃ、清ちゃん、行ってくる。夕方の映研ミーティングには出るんだろう」

「どこであるんだい」

「五時半から『ヤング・ラスカル』さ。必ず集合って……四年の野口さんが言ってた。それまでには、ぼくも行けるはずさ」

　本郷と松本は慌ただしく部屋を出ていった。清太郎が枕もとのトランジスタラジオをひねるとママス&パパスの「マンディ・マンディ」が流れはじめた。しばらく、音楽に耳を傾けた。次の曲、その次の曲。

――エル・オー・ディ・ラブオンデリバリィ・エル・オー・ディ……

――マイ・ベイビィ・ダズ・ザ・ハンキィ・パンキィ……

清太郎は横になり、そんなポップソングを口ずさんだ。

　現在が、一九六七年であることを、清太郎はもう疑いもしなかった。

――ひょっとして、ぼくは、自分の未来の夢を見たのかもしれない。就職して、結婚して、子供が生まれ、平凡な希望のない日々……そんな夢をみたのかもしれない。

　そうも清太郎は思ったりした。

　窓の外は、遠くまで突き抜けるような空の青さがあった。五月晴れなのだ。音楽を聴きながら、その空の青さを見ていると、理由のない涙がでてくるのだった。

しかし、あれは夢ではなかった。それが清太郎にはちゃんとわかっているのだ。そのとき、ふと気がついたことがあった。ひょっとして、前の世界の妻の代志子と知りあったのは今日の合同ハイキングだったのではないか。西女短大の広告研究会といっていたから、ほぼ間違いないはずだった。

——そういえば、あの朝も本郷が誘いに来て一緒に行ったんだっけな。

とすれば、これで、この世界で自分と代志子が出会う可能性は、ほぼ零に等しくなったわけか。彼女も、もっと自分より素晴らしい男性と知りあえばいい。そのほうがいい。

「そのほうがいいんだ」

清太郎は、そう口に出して言ってみた。すると肩の荷がおりたような気がした。

——すべてが始まる前の世界なのだから。

清太郎は決意していた。何故、このような過去世界に転移したかをいろいろと思いめぐらしてみても仕方のないことなのだ。奇跡かもしれないし、自然現象かもしれない。しかし、一番重要なことは、自分に再スタートの機会が与えられたということだった。もう同じ過《あやま》ちを繰り返しはしない。今度こそ後悔しない人生を送るんだ。

清太郎は起きあがって、英和辞典の最終ページを開いた。学生時代は、そこに金をはさんでいたのだ。それを憶えていた。

二千円残っていた。あと一週間、それで暮らさなければならない。仕送りの金とアルバイトの金はほとんど同時に月末に入ってくるからだ。まあ、どうにかなるさと考えた。映画を観るために三、四日断食したおもいでも持っていたくらいだから。

清太郎はポケットに、その二千円を捻《ね》じこむと部屋を出た。

近くに行きつけだった学生向の食堂がある。そこで朝食と昼食を兼ねた食事をとろうと思ったのだ。飯の盛りが良いことでは定評があった。「ばかもり食堂」という名前だった。

階段で清太郎は呼びとめられた。

「清ちゃん。どこいくの」

振りむくと加塩《かじお》が立っていた。彼もこのアパートの住人の一人だった。清太郎は、この男は、えらく調子のいい奴という印象を持っていた。いつもニヤニヤ笑いを浮かべている。だから、反面、何を考えているかわからないのだ。とにかく好奇心の権化のような男で何にでも首を突っこみたがる。SFと映画とお祭りが大好きな奴で、この前まで演劇部にいたかと思うと、漫研を結成したり、SFミステリィ研究会を作ったり、アニメ上映会をやったり、三百六十五日お祭りをやっているような男だった。女の子が好きで、そのわりに常にふられている。失恋して深刻そうかというと、そうではなく軽薄そうにヘラヘラ笑いしているのだ。映研には入ってないが、ミーティングには時々、清太郎にくっついて顔を出していた。「ゴダールなんて芋です。リチャード・レスターはすごい」と騒ぎ、ただ酒を飲んで引上げるのを常としていた。「フェリーニは……」とか、「岡本喜八は……」とか、話題を支離滅裂に飛躍させていたが、別に邪気はないのかもしれなかった。映画好き同士ということで加塩は清太郎に好意を持っていたのだろう。この男は卒業後、実家の熊本に帰り家業を継ぐことになる。同名で下手なSFを書く作家がいるが、まさかこの加塩が文章を書くような奴には見えないから多分別人だろうと清太郎は思っていた。

「ちょっと食事に行こうと思って」

「じゃ、ぼくも行く」

加塩も、尻のポケットに本を押しこみながら階段をかけおりてきた。

「食事はまだだったの」と清太郎。

「うん。本、読んでたのさ。面白いヨ」

加塩が見せた表紙にはR・A・ハインライン／矢野徹訳「宇宙の戦士」とあった。

「この作家のは、未来史シリーズがいいんだけど、タイムトラベルものも独特でさ。時間旅行の逆説的思考法はすごいよ。『輪廻の蛇』とか『時の門』とかね。気が狂いそうなほど複雑な構成だからなぁ」

清太郎と加塩は「ばかもり食堂」へむかった。

しかし、「焼魚定食、トンカツ定食、日替り定食／各一二〇円」と書かれた入口のガラスの上に「定休日」の札が下がっていたのだ。

加塩がため息をついて「どうする」と言った。それから、一つ提案があるという調子で
「ねぇ、ねぇ。隣町だけどね。城西町まで足を延ばしてみない。『ドンチュー』って喫茶店があるんだ。そこのウェイトレスで一人可愛いこがいるの。見に行ってみない」

清太郎は梨江の寂し気な笑顔を連想していた。そして梨江の吐いた言葉。

「清太郎さんに、その頃会ってたら人生は変わってたかしら」

加塩が、もう一度言った。

「ねぇ。ちょっと行ってみようよ」

清太郎は抗《あらが》う理由もなく、加塩に同意した。また、若き日の梨江を見てみたいという好奇心も手伝っていたのは事実だった。

喫茶「ドンチュー」に入ると、梨江は、すぐにわかった。まさに少女という感じで椅子の一つに座っていた。日曜の午前中ということで他に客はいない。梨江は映画雑誌を読んでいた。ボーイッシュな髪型をしていた。

顔をあげて「いらっしゃいませ」と言って梨江が立ち上った。表情に明るさがあった。当然、清太郎のことを梨江は何も知るはずがない。それが、かえって清太郎を緊張させた。

加塩がブック・スタンドから「少年マガジン」を持ってきて言った。

「ちばてつや、って面白いんだよな」

「〝あしたのジョー〟だろう」

清太郎が相槌《あいづち》をうつと、加塩が妙な顔をした。

「何だ、それ。〝ハリスの旋風〟のことといってるんだ。その〝あしたの……〟というの何に載ってるんだ」

清太郎はしまったと思った。無意識に〝あしたのジョー〟と言ってから気がついた。その漫画はあと半年以上待たなければ連載が始まらないのだ。汗だくで清太郎は弁解した。

「いや、もうしばらくして、連載をはじめるらしい。ボクシング漫画でさ。かなりすごそうよ。新聞で見たのかな」

ふうんと不思議そうに清太郎を見ながら、加塩は言った。

「清ちゃん。わりと情報通ね」

水とメニューを持ってミニ・スカートのワンピースを着た梨江が横に立った。

「何にいたしましょう」

コーヒーとミックスサンドを注文したのだ。

「あの子ですよ。可愛いでしょうがね」

加塩が笑みくずれて言った。

「そうだなあ」と清太郎は相槌をうつしかない。

しばらくして、梨江がコーヒーとミックスサンドを持ってきた。

「ねぇ、ねぇ。ねぇ」

加塩が梨江に声をかけた。

「ねぇ、非番の日はいつなの」

「はぁ」と梨江は不思議そうな顔をした。

「ねぇ、ぼくと映画を観に行かない。ぼく、都合をきみにあわせるから。ネェ。一緒に映画に行こう」清太郎は驚いた。加塩は梨江を誘おうとしているのだ。

「……」梨江はあきらかに呆れていた。

「ねぇ。お願いだから。ねぇ、映画一緒に行こう。ネッネッ。お願い」

加塩は両手を合わせていた。顔はニヤニヤ笑っている。清太郎は、あっこれじゃだめだと頬杖をついた。

「ネッ。ネッ。お願い」

梨江は戸惑ったような笑顔を浮かべていた。それからきっぱりと言いきった。この頃から梨江は、ある種の迫力を備えていたのだった。

「ありがとうございます。残念ですけれど、他の方をお誘いになってください。私には、彼がいるんです」

それは加塩を傷つける口調ではなかった。ていねいだが、自分の意思を明確に表示していたのだ。

梨江がコーヒーとレシートを置いて立ち去ると加塩は泣きだしそうになっていた。

「またふられた」

加塩は手をぶるぶる震わせ、砂糖をテーブルにまき散らしながら五杯入れた。

「ぼくはよくふられる。今月六人目だ」

しばらく黙って清太郎と加塩はサンドイッチを頬張った。

少年マガジンの表紙で石田国松がサッカー・ボールを蹴っているポーズが描かれていた。

――もうすぐ、〝あしたのジョー〟がはじまる。

清太郎は、学生時代の終わりまで、ジョーを愛読していた。ボクシングに青春を賭け、完全燃焼させる生きざまを三十を過ぎてからも時々読み返し、自分の生きざまと照らしあわせて罪の意識にも似た恥かしさを感じ、そのたび、ジョーのせっぱつまった生きかた《ウェイ・オブ・ライフ》に感動をおぼえた。

清太郎は加塩を見ながら思った。何て自分たちの青春時代とは、せせこましく、矮小なものだったのだろうか。

「でようか」

加塩が言った。二人は席を立ち、カウンター・レジで割勘で払った。

「あっ、忘れものだ」

加塩を外に待たせ、清太郎は「ドンチュー」の店内に引返した。梨江は清太郎たちがいたテーブルを片づけようとしていた。清太郎はせきこむように梨江に言った。

「話があります」

「お連れさんのことですか」

「いえ。あなた自身のことです。梨江さん」

梨江はあきらかに自分の名前を呼ばれたことに驚いていた。表情から笑いが消えていた。

「いま交際している彼と結婚されるかどうかしりませんが、結婚されたら、御主人が建設現場で小さな怪我をなさっても、必要以上に注意して、医者の治療を受けてください。あなたの御主人になるかたの生命にかかわることですから。約束できますか。梨江さん」

梨江にとって、それが唐突な申し出であることは清太郎にはわかっていた。念を押すようにもう一度言った。

「あなたが結婚して・御主人が勤め先の・現場で・怪我をしたら・どんな小さな怪我でも・医者に見せること・わかりましたか」

梨江がこくんとうなずいた。

「わかりました。でも、あなたは誰ですか」

「ぼくは……ぼくは予言者です」

「信じられないわ。でも何のために」

清太郎は返事に窮し、それから、やっと言った。

「何のためでもいい。梨江さん自身のためです。もう一つ、予言をしておきます。さ来年アポロが月に着陸し、人類が月に立ちます。もし、この予言が当ったら、ぼくの言ったことを信じて約束を実行してください。いいですね」

それだけ言って、清太郎は「ドンチュー」を飛びだした。加塩がニヤニヤ笑いを浮かべて、舗道のガード・レールの上に座って待っていた。

「いよっ、色男。首尾はどうだったの。隅に置けないね、清ちゃんも」

仕方なく清太郎も首をかしげてみせた。

「残念。ぼくもふられちまった」

清太郎と加塩は声をあげて笑った。

これでいい……清太郎は思った。これで梨江に対しても責任を果たしたと考えていた。得体の知れない寂しさを少し感じてはいたが、よりすがすがしさがあった。これで自分は完全に一に戻った人生を送ることができるのだと思っていた。ふっきれた……それが本音だった。

「だけど、清ちゃんがあの子に何か言ったとき、すごく彼女は驚いていたじゃない」

加塩はいじましく店内を覗きこんでいたのだ。清太郎は戸惑い、仕方なく話題を変えた。

「ちょっとドジなこと言っちゃったのさ。それより、さっきSFで時間旅行の話をしてたろう」

話題がSFのことに移ったため、加塩の表情が急に輝きはじめたようだった。さっき、梨江にふられたことが嘘のようだった。

「あ、ハインラインの話ね」

「べつに誰でもいいんだ。たとえばさ、現在の空間に、江戸時代の調度品やら、そのほか江戸時代に使用した生活品をそっくり揃えて江戸時代そのままの室内に飾って、江戸時代の服装でそこに入れば、その空間が江戸時代に引きよせられる……そんな時間旅行の方法があるかな」

　加塩は清太郎にニヤニヤ笑いで答えた。

「あは、SFでも書いてみるつもりなの。でも、そのアイデアはもうあるよ。ジャック・フィニィって、あちらの作家の短編に同じ発想でいくつかあるんだ」

「で、加塩くんはどう思うんだ。実現性のある空想と思うかい」

「まさか。非現実的。お話の中だけだよ」

「そうかぁ」それが常識的な考え方というものだろう。そう清太郎は思った。

「ぼくはSFサークルの例会があるから、ここで」

「じゃあ」

　清太郎と加塩は「ドンチュー」の前で別れた。清太郎は映研のミーティング迄、映画を観てすごした。昔、見逃していた「電撃フリント／アタック作戦」をやっていたのだ。こんな形で映画を観るのは何年ぶりだろうと考えた。学生時代に持っていた自分の気まぐれぶりが蘇ったことに感激さえ抱いたほどだ。映画は他愛のないパロディアクション映画だったが、清太郎は充分に満足していた。

五時少し過ぎに清太郎は「ヤング・ラスカル」に着いた。

扉をあけると髭のマスターがいた。昨日と同じ室内装飾。カウンターの隅の椰子の実製眼鏡猿。水彩絵の具で描かれたマリリン・モンローの似顔絵。壁に貼られた無数の一円札。

「らっしゃい」

洗い熊のように人なつこい笑顔をマスターは浮かべて、おつまみの材料を楊子で揃えていた。

「清ちゃん、えらく早いんだね。一番のりじゃない」

「ええ……昨日はどうも」

そう言ってから、清太郎はしまったと思った。この時代の自分は前日はアパートにいて「ヤング・ラスカル」へは来ていないはずなのだ。

「えっ昨日……夜なの」

案の定、マスターは不思議そうな顔で仕事の手を止めた。

「いえ……このあいだ……はどうも」

学生時代はしょっ中ここに顔を出していたはずだ。そう思ってそんなふうに口を濁したのだ。それでマスターには通じたらしかった。

「ああ、このあいだね。すごく盛会だったね。でも、清ちゃん珍しいね。義理堅いとこ、あるんだな。このあいだ……どうもだなんて」

別にマスターは皮肉で言ってるのではないようだった。マスターはそれから丼鉢を清太郎に出した。

「これ菱の実をゆでたやつ。食べろよ。ちょっと見にはコウモリの頭みたいだろ。酒のつまみにはもってこいさ」

「じゃあ水割りください」

マスターが角の水割りを出したとき、客が入ってきた。

「おっ、もう来てるのか。熱心だな。ボックスに移っとこうか。ぼちぼち、皆やってくるはずだ」

ひょろりと痩せたその男を清太郎は忘れるはずもなかった。映研の部長の野口だった。本を二冊抱えていた。N・メイラーの「ぼく自身のための広告」(下)とル・クレジオの「調書」だった。野口は四年だが、三年留年しているから映研のぬしのようなものだ。肩まで髪を伸ばし、白のカッターの袖をまくっている。野口は「虚構の高次元の構築」とか、「実存的視点から」とか、「蓋然《がいぜん》的な」とか「形而上的汎凡俗性」とかいった修飾語を駆使するため、著しく他の映研部員に意思が伝わらないのだった。ほとんどの語彙《ごい》が野口自身の創造であるため、話し言葉としては意味不明なのだ。清太郎にとって学生時代、そのような言霊《ことだま》に近い神聖言語を喋りまくる野口は神に近い存在に思えたものだった。清太郎は野口と会話をかわすときさえ緊張感を自覚していた。

しかし、清太郎はそんな野口に再会して驚いていた。何ら、この野口に対して緊張感や遜《そん》恭《きょう》が伴わないのだ。今の清太郎の眼に、野口は二十代前半のふう変わりな男としか映らないのだった。それは清太郎の精神年齢が三十歳を過ぎた由かもしれなかった。清太郎の肉体が十九歳であるにしても。

野口は、清太郎たち映研部員に、映画の送り手側にまわると宣言していた。〝現在の映画〟は堕落の極みであり、それを再建させるには送り手側にまわるしかないからというのが主旨であった。その主旨を奇怪な言葉を操って一時間もかけて話すのだった。卒業後、野口は映画作家を志し、上京した。五年ほど、消息が絶え、ある年の正月、突然、年賀状を送ってくる。それには故郷で不動産鑑定士の資格をとった野口が、妻子と四人で「まあなんとか、やっている」と記しているにすぎない。

しかし、今の野口はプライドの権化だった。自分より映画に精通している人間はこの世に存在しないという態度だった。

清太郎はボックスに移り、野口に質問した。

「今日はなんのミーティングですか」

野口は唇を歪めて笑い「もうすぐ、みな集まるから」と、それだけ言って「調書」を読みはじめた。

入口のほうで話し声がした。あらたに部員がやってきたようだった。

「えっ、見てないノ。残念だったナ」

「だって昨日、その時間は『逃亡者』見てたからなぁ」

「あれ、そろそろマンネリだろ。それより、絶対おもしろいよ『タイムトンネル』。製作がアーウィン・アレンでネ。過去、未来を移動できる装置が故障しちゃって過去世界を放浪することになるのヨ。昨日から始まったノ。『ナバロンの要塞』に出てたJ・ダーレンが主演してる。昨日が遭難前のタイタニック号にタイムトラベルする話でサ……」

南里と白木だった。「タイムトンネル」は昨日からこの世界で始まったテレビ番組なのだった。彼等は自宅通学者なのだ。南里は地方銀行の電算処理室の勤務になる。白木はこの後、学生運動に熱中し、映研をやめ退学する。十七年後の世界ではファースト・フードのフランチャイズ・チェーンと契約して鶏肉を油揚げした食品を小売している。

時間軸を転移した清太郎にとって白木と南里の話す時間旅行のテレビ番組の内容がなんとも自分のことを言われているようで、不思議な気がしたのだ。

続いて、三年の加藤と松島がやってきた。加藤は損害保険の代理店をやることになる。松島は口下手な男で外見ももっさりしている。この年の夏、思いたって退学し、アートシアターで自主製作する一千万円映画のボランティア・スタッフとして参加することになり、某映画監督の居候をきめこむ。数年間、赤貧の生活を続けるが、シナリオライターとして独り立ちする。志の高い映研連中のうち、初志を貫いたのは、何と彼だけなのだ。

女性部員の安永桜等子と菅浩子の顔も見えた。安永は歯に衣を着せない発言で男性部員の恐怖の的であったが、四人の子供をもうけると平凡な主婦にならざるをえなかったようだ。清太郎は、その話を誰にきかされたのかどうしても思い出せなかった。菅浩子はまだ独身のはずである。

「明日、学生集会やるみたいよ。午後一時から二号館の前で。学食の利用制限に関しての……。出るの？」

「うーん。わかんない。独語と重なっているんだもん」

そうだ、この集会をきっかけに清太郎の大学の学生運動は過激化しはじめることになる。それが七〇年安保まで持続するはずだ。清太郎はそう思った。

三年の徳田と二年の北野美子が一緒に入ってきた。二人は同棲中のはずだった。北野美子は、あと半年すれば徳田に捨てられる。それから退学し、数ケ月後に他の男と婚約し、嫁ぐ。徳田はそれから後悔の日々を送り、ダスティン・ホフマンになれなかったと酒を飲むたびに喚き、結局三流商事会社に就職する。数ケ月で、その会社を辞め、その後の消息はわからない。

最後に本郷が駆けこんできて清太郎の隣に座り、野口に言った。

「すみません。合ハイで遅れました。もうすぐ松本もくるはずです」

それから清太郎に耳うちした。

「松本がさぁ。また女の子にしつこいんだよなぁ」辟易した顔だった。

野口が書物を置いて皆を見まわした。

「じゃ、はじめよう」

他の部員は一言も発さない。野口は効果をはかるようにコホンと咳ばらいをして髪をかきあげた。安永桜等子と菅浩子が尊敬の眼差しを野口に向けた。彼女たちにとって野口はカリスマなのだ。

「今日、集合してもらったのは他でもない。日常的倦怠の休日の夕刻、諸君は多分、未知の提言に概念的ではあるにしろ不安定な期待感を抱いてきたのだろう。現時点の無思想、無節操、無甲斐性な帝国主義的塵芥的大量生産商業映画の氾濫により、高次元の虚構的夢幻世界を体験するという基本的原点を喪失し、明晳な表現で自己を矮小化させる作業にのみ埋没し、……より方晶系化した表現で……唯一の表現下で物質の諧和に到達し……………………………………よって本質的な部分で、螺旋的視界により、絶望的受難を伴おうと、現時点映画を憎悪し、我々自身の映画上映会を成功させたい」

そこまで、野口が一息に喋りおえると、くるりと周囲を見まわした。他の映研連中はきょとんとした顔ながら、うなずいていた。

清太郎は既視感《デジャービュ》に似た感覚にとらわれた。この現場に、過去の自分も居あわせていたのだ。野口は「自主映画上映会をやりましょうよ」と提案しているのだ。しかし、その時点では野口の言っていることの半分も理解できなかったような記憶がある。清太郎はこの上映会のとき、最後まで積極的には参加できなかった。野口の言う上映会の主旨が、はっきりと理解できなかったことも一つの理由だったろう。

「結局、上映会をやろうっていうんでしょう」

自然、清太郎の口から、そんな言葉がついて出た。「別に、そんな難解な表現でなく、具体的でわかりやすい言葉で上映主旨を説明していただいたほうがいいと思います。上映会の準備活動における意欲の問題にもかかわってくるような気がするんですが」

別に皮肉や厭味を言っているつもりは、清太郎には毛頭なかった。本郷が清太郎の横腹をこづいていた。気がつくと、皆の視線が清太郎に集中していた。なにか化物でも見る眼付きなのだ。野口の煙草を持つ指が、ぶるぶる震えはじめていた。

野口に対して、真っ向から意見を吐いた部員はまだいなかったはずだ。現実に、この上映会は充分なPR活動も徹底しないまま、大幅な赤字で終わっていた。もう、同じ過ちを繰りかえし、消極的な青春を送るのはごめんだと清太郎は無意識のうちに決意していたのだ。

上映会を成功させるためには言うべきことは言っとく必要がある。清太郎はそう思っただけだった。

皆が野口のリアクションを固唾《かたず》をのんでみつめていた。

「そうか。俺の表現は、話し言葉でもすぐに難解になるきらいがあるようだな。三文映画批評の読みすぎかもしれない。ありがとう。自分ではなかなかわからないもんだ。指摘されないと、すぐに言葉を飾りたがる」

カウンターからマスターが声をかけた。

「いやいや、野口くんの表現は中々立派なものだけどさ。文章で読む表現なんだ。意思を伝達するにはちょっと不利かもしれない。でも、なかなかだよ」

野口が頭を掻くと、映研の輪の緊張が解けた。話題が、時期の選定、フィルムの選択に移ると活発に意見が百出した。清太郎は驚いていた。このように皆がリラックスしてアイディアを出しあった映研ミーティングの記憶がなかったからだ。清太郎の発言が引き金になったのはたしかだろう。清太郎はうれしかった。部長である野口にしろ、同じ思いのようだった。所詮、映画好きの仲間であることに違いはないのだ。

上映作品は、まだこの地方では上映されていない「シベールの日曜日」と「勝手にしやがれ」に決定した。清太郎の記憶にある自主上映会の番組とは完全に異なっていた。

それから、ミーティングは終了し、コンパの場に早変わりした。角の水割りで乾杯し、自主上映会の成功を誓いあった。

清太郎は自分自身の内部で何かが変化を遂げたことを確信した。この上映会企画も各人が動機づけに成功したようだった。とすれば、上映会の成否の可能性も異なってくる……そう清太郎は考えた。

「おまえが、あんなこと言うから驚いたよ。一時はどうなるかと思った」

本郷が目尻を下げ、小声で清太郎に言った。

「しかし、結果的にはよかったたな。なんだか映研全体の雰囲気が変わったものな。何せ、四年生は野口さんだけだし、言いにくいんだよな。しかし、いつから清ちゃんは、あんなにはっきり言うようになったの」

「今朝から」そう清太郎は言った。

南里と加藤が大声で「スーパージェッター」と「冒険ガボテン島」の卑猥な替歌を唄い終わったときだった。

「やあ、みなさん、やっとられますか」

顔を出したのは、松本だった。

「ちょっと遅れまして。あ、今日、知りあった彼女も連れてきてるんでぇ、エ、よろしいですかァ。すぐひきあげるつもりですがァ」

部長の野口が、かまわん連れてこい、と叫び、松島と白木が拍手した。

「あいつ、すごくしつこく誘ったんだぜ」

本郷が清太郎に言った。

「まったく、あいつ淫乱なんだ」

清太郎は相槌を打ち、入口を見た。松本が、小柄な女性をエスコートして中へ入ってくるのが見えた。松本は淫蕩な表情を凍りつかせたままだった。

「エー。御紹介します。今日知りあいました小生の彼女です」

清太郎は叫びだしそうになった。

妻の代志子だったのだ。

清太郎の酔いは瞬間的に醒めていた。胸の中で早鐘が鳴りはじめていた。

——まさか、代志子がここにやってくるなんて……

清太郎は信じられなかった。無意識に代志子から視線をそらしていた。

代志子が清太郎に眼をやったときも、特別の反応を見せはしなかった。そのはずだと清太郎は思った。まだ、清太郎の存在を知らない時点の代志子なのだから。

「スザンヌ・プレシェットふう美女だな」と野口は評した。

ブルーのワンピースを着た代志子は、そう評されてもおかしくないほど清純で美しかった。

彼女は一礼すると、椅子の一つに腰をおろした。その行為の一つ一つが控え目で好ましかった。少女だった。

——この代志子に惚れたんだ。

そう清太郎は思った。

ここで、言葉をかわさなければ代志子とは別の人生を歩むことになる。しかし、別の人生を歩むことを決断した自分にとって、これは通過しなければならない試練なのだ。そう思った。

代志子との気まずい生活を思いだしていた。沈黙・沈黙・沈黙・沈黙・沈黙・愚痴・愚痴・愚痴・愚痴・愚痴。

今度の人生では同じ過ちをおかさない。もっと大きな目標を持って、たとえ途中で挫折しようと悔いのない人生を送る。そう、何回も清太郎は呟いた。

——代志子も幸福になってほしい。

そう心に願っていた。

松本が、本郷と清太郎の間に割って入った。

「清ちゃんのピンチヒッターになってよかったナァ」

松本は唾液を落とさんばかりの顔だった。

「あんな美人と知りあっちゃった」

清太郎は「おめでとう」とだけ言った。

松本が唇を歪めて言った。

「今夜、やるんだ」

清太郎は耳を疑った。しかし松本は眼球を濁らせ、色魔の表情で続けた。

「力ずくでも、今夜、彼女とやるんだ。まだ名前も教えてくれないけれど。送ってく途中で、どこかに連れ込む」

狂気じみていた。松本の表情はすでにヴァージン・ウルフだった。牛のように長い涎をたらした。それから松本は笑い顔になり、代志子の側にもどっていった。

「あいつ、本当にやるぜ。昼から、ああ言ってる」

本郷が心配そうに言った。

——知ったことではない。代志子が拒もうと思えば拒めるはずだ。代志子自身が選択する問題なのだから。

清太郎は自分に言い聞かせた。唇を思わず噛んでいた。それでいい。それでいいんだ。

「じゃ、このへんで、ぼくァ失礼しまァす。彼女を送っていきますんでェ」

松本が立ち上り、軽薄な口調で言った。代志子も席を立ち、一同に一礼した。

「じゃあ、バイバイ」

松本は本郷と清太郎にウインクし、代志子の肩に腕をまわした。清太郎の頭の中で何かがパチンとはじけた。

「待てっ」

発作的に清太郎は叫び立ち上った。本郷が驚いて席を五十センチも飛上った。

「代志子。行くな!!」

松本と代志子が振り返った。「おまえ、あの女性を知ってるのか」「清ちゃんどうしたんだ」いろんな言葉が清太郎のまわりで湧きあがったが、すぐに静かになった。誰も口をきかなかった。清太郎自身何を言いだしているのかわからなかった。ただ叫びださずにはいられなかったのだ。

「代志子。松本から離れろ」

清太郎と代志子の眼があった。そのまま数秒、時が流れた。清太郎は自分で自分の行動が理解できなかった。何と馬鹿なことを。代志子は何もわかるはずがない。何を自分は言ってしまったんだ。

代志子の唇がやっと動き、それから言った。

「ぱぱ……」

それは、家庭で代志子が清太郎を呼ぶときの……。まさか、そんなことが。

清太郎は虚を突かれた思いだった。代志子が清太郎に駆け寄った。代志子が清太郎の手をとったとき総て万象の動きが停止した。清太郎は呆然と立ちつくした。それから周囲の物質が溶暗《フエイドアウト》していくのがわかった。

突然に、まわりに風景が蘇った。夜だった。

清太郎の前に、ブルーのワンピースを着た代志子がいた。だが、三十を過ぎた成熟した女の顔の代志子だった。

「なんだ、その恰好は」

呆れたように、清太郎はおどけて言った。

「パパこそ何よ」

代志子の指は清太郎の腹をさしていた。

「いつから、あそこにいたんだ」

「昨日の夜、気がついたらいたの」

そう代志子は答えた。それ以上清太郎は質問しようとも思わなかった。

「もう少し、楽しい人生を送ろうと思ったのに、パパがあそこで呼んだからよ。知らないふりでとおそうと思ったのに負けちゃった」

時間軸が与えてくれた機会を二人ともふいにしてしまったのだ。あれ以上自分たちが一九六七年空間に存在すれば因果律の矛盾が増大するため、〝時〟は自分たちをもとの世界に跳ね返したのだろう……そう清太郎は思った。

二人は「ヤング・ラスカル」の前に立っていた。遠くに七愛幼児園のあるビルが見えた。一九八五年の現代なのだった。

清太郎は代志子に対して、先程の行為が妙に照れくさかった。駄目を押すように代志子が言った。

「あんなにパパが私を愛してたなんて思いもよらなかったわ」

清太郎は顔が赤面するのを抑えられなかった。清太郎は「ヤング・ラスカル」の扉を指した。

「久しぶりに、二人で飲もうか」

代志子がうなずいた。それから、そのとき清太郎が思っていた科白《せりふ》を代志子のほうから口にしたのだった。

「もう、ふりかえらないわ」

解説　カジシン・エッセンスを味わい尽くそう！
――SF幻想詩人の作品ガイド――

尾之上浩司《おのうえこうじ》
（評論家）

梶尾真治さんの名前を見るたび、いまでも畏敬の念と、言葉にならない甘酸っぱいノスタルジーが胸のうちに広がる。

理由は、梶尾《カジシン》さん（以下、勝手ながら〝カジシンさん〟に統一）の名作短編「美亜へ贈る真珠」を初めて読んだのが多感な中学一年生のころで、一読するなり感動し「こんなすごいSF作家がいたのか！」と大ファンになったことにある。調べてみると作品数が少ないとわかり、ずっと伝説の作家として崇《あが》めていたのだ。

以来、発表される作品を追いかけていた……といった個人的なノスタルジーを延々と書いていても読者のみなさんには申し訳ないので、ここまでにしておこう。

さて、どんなジャンルでもメディアでも言えることだけれど、いくら長期にわたり珠玉の作品を発表し続けていても、きっかけがないと、なかなかその素晴らしさに見合ったマジョリティをつかめないのが世の常。さらに、若い頃からずっと石油ビジネスを本業とされていたカジシンさんは、どちらかといえば寡作だった。

そのせいもあったのかもしれないが、各時代に残された代表作のなかには、こともあろうに長期にわたり絶版になっているものも少なくなかった。ファンとしては歯がゆいというかなんというか、やりきれない思いにかられていたものだ。

ところが、映画《黄泉《よみ》がえり》の大ヒットをきっかけに過去最大のカジシン・ブームが巻き起こり、いまも清々《すがすが》しい風が吹き続けている（感動！）。

それをきっかけに、カジシンさんは専業作家に転身。ここ数年、精力的に長編や短編を発表されるようになった。また、嬉しいことに、長らく入手困難だった旧作品もどんどん復刊され、代表作のほとんどが読めるようになった。

とはいえ、作品数も急速に増え、版元も分散。新作の多くはハードカバーで出ているため、その一部は思いのほかファンの目に触れていない気配もある。そこで、今回はこの場をお借りして、ビギナーのカジシン・ファンのために「オススメ・カジシン作品ベスト10」をご紹介したいと思う。

あくまでも現時点における個人的思い入れが主体のベストなので、時が変われば順位も作品も変わるだろう。順不同ということで、あまり気にしないでほしい。

本書を読まれて、カジシン作品をもっと読み進めてみたいと思った貴方の参考になれば、と願うばかりだ。

なお、極力ネタバレにはならないよう配慮して紹介したので、そこのところは、ご安心ください。

次点『黄泉がえり』(新潮文庫)

え、なんでこれが次点⁉ と驚く読者もいるかもしれない。もちろん、カジシン・ブレイクのきっかけとなった金字塔であり、まず押さえなければならない作品なのはわかりきっている。だが、基本中の基本だからこそ、あえて次点に挙げておきたいのだ。

宇宙空間を〝彼〟としか呼びようのない生命体が浮遊していた。エネルギーを失い困っていたその不定形生命体は、エネルギーをもとめて地球に飛来する。

舞台は現代の熊本。老舗《しにせ》の雑貨販売会社で働く児島雅人《こじままさと》、雅人の部下でちょっとだらしない中岡秀哉《なかおかひでや》など、どこにでもいる普通の人々の日常が今日も展開していた。ところが、奇妙な現象が周囲で発生しはじめる。最初は市民センターにかかってきた一本の電話だった。電話の主は老婆で、むかし亡くなった夫が帰ってきたので、どうしたらいいかと問い合わせてきたのだ。

それを皮切りに、熊本市全域で「死んだはずの身内が帰ってきた、目撃した」という情報が次々ともたらされ、役所も異常事態の波に巻き込まれていく。児島や中岡も例外ではなかった。やがて「黄泉がえり現象」が公式に認められ、日本全体に知られるようになり、マスコミが押し寄せる。果たしてこの現象の原因はなにか？　そして、先にはなにが待っているのか？

前半は「黄泉がえり現象」が発生し、それが広まっていく過程を、大勢の登場人物たちの目を通して淡々と語る、いわゆるグランドホテル形式になっている。一種のパニックものの味わいに加え、作者のリアルな筆遣いによる現実のゆらぎを堪能《たんのう》することができ、じつにスリリングだ。ところが後半、物語は読者の予想を良い意味で裏切る展開へと進み、カジシンさんならではの感動的な結末へといたる。

映画版も素晴らしかったが、原作には映画でカットされた大小さまざまの要素があふれ、終盤の感動をさらに奥深いものにしている。映画だけしか観ていないファンも、ぜひご一読あれ。

二十世紀のカジシンさんの総決算的な傑作なのだから。

10『クロノス・ジョウンターの伝説』（ソノラマ文庫）

「なによ、『黄泉がえり』が次点で、『クロノス・ジョウンターの伝説』が10位なんて許せないわ！」と、全国一千万人のカジシン・ファンの女学生・OL・主婦のみなさんから石を投げつけられそうな気がするけれど、待ってください！　今回は、もっと読まれてほしい作品に比重をおいてのガイドというのが本旨。映画化されてまもない世代を超えて読み継がれる傑作二冊を、敢《あ》えて抑え目に紹介しなければならない、このつらい胸のうちをわかってください！

さて、近年、〈キャラメルボックス〉によって舞台化され、映画《この胸いっぱいの愛を》の原作にもなったのが、この連作中編集だ。

時代は二十一世紀なかば、舞台は管理社会化が進む世界。珍妙なアイデアに基づく過去の発明の遺物を展示している科幻博物館の受付係は、侵入者を見つける。侵入者の男はクロノス・ジョウンター＝物質過去射出機、のかたわらに倒れていた。男に事情を尋ねると、彼は不可思議な事情を語りはじめるのだった……

一九九五年、重工業に携わるサラリーマン、吹原和彦《すいはらかずひこ》は、とある花屋で素敵な女性と出会った。彼女の名は来美子《くみこ》。しかし、ほどなく彼女は事故に巻き込まれて亡くなる。吹原はクロノス・ジョウンターを利用し、歴史を変えようとするのだが、という「吹原和彦の軌跡」が第一話。

終盤になれば、最後にどんな結末が待っているのかは、SF好きな読者には予想がつくかもしれない。それでも、最後の段落にえがかれる吹原和彦の軌跡の終着点は、涙なしには読めない。これまた、カジシンさんの名作のひとつである。

「吹原和彦の軌跡」のなかで、クロノス・ジョウンターには、のちにほかにも数人の人間が乗り組み、タイムトラベルに出たと説明されていた。そこで名が挙げられていた一人が布川《ぬのかわ》輝良《あきら》。彼がクロノス・ジョウンターの人体実験に挑むことになった経緯と、その驚くべき経験が明かされるのが「布川輝良の軌跡」。

クロノス・ジョウンターを開発していたＰ・フレック株式会社に出入りしていた、二十三歳の女性、朋恵《ともえ》。彼女は中学三年生のとき、のちのちまで心の傷となっているあるつらい出来事を体験していた。些細《ささい》ではあるがとても大切な、その出来事を変えることはできないのかしら。彼女もまた過去へと飛ぶという「〈外伝〉朋恵の夢想時間」。

そしてもうひとつが、「鈴谷樹里《すずたにじゅり》の軌跡」。

一九八〇年、十一歳の鈴谷樹里は結核を患っていた。彼女は病院内でヒー兄ちゃん＝青木《あおき》比呂志《ひろし》という青年と出会う。いろいろな話を聞かせてくれる彼によって、気分が和《やわ》らいでいく樹里。彼から「たんぽぽ娘」というロマンティックなＳＦ物語を途中まで教えてもらった直後、容体が急変したヒー兄ちゃんは亡くなってしまう。そして十九年が経過し、彼女は女医となっていた。いまならヒー兄ちゃんの病気を治せるのに、過去を変えられるのに……。

カジシンさんがロバート・Ｆ・ヤングの名作短編「たんぽぽ娘」にオマージュを捧げた、巧妙にして美しく、琴線をふるわさずにはいられない名品である。

残念ながら現在、「たんぽぽ娘」を新刊で読むことはできない。というか、もう二十年以上、これを収録していた日本のＳＦアンソロジー二冊が絶版になっているのだ。古本を必死に探しているファンも多い。

ちなみに収録していたのは「鈴谷樹里の軌跡」のなかでも触れられている『年刊SF傑作選2』(ジュディス・メリル編/創元推理文庫、翻訳は井上一夫氏)。そして、もうひとつは書名もそのままの『たんぽぽ娘』(風見潤編/集英社コバルト文庫、翻訳は伊藤典夫氏)。じつは一九九〇年代、この二冊のほかにもうひとつ、SFものではないが「たんぽぽ娘」(伊藤典夫氏版)を含むアンソロジーがあった。『奇妙なはなし』(文藝春秋編纂/文春文庫だ(収録されるにあたり、じつはぼくが協力していた)。これも絶版になって久しいが、いちばん古本で見つけやすいかもしれない。

9 『未来《あした》のおもいで』(光文社文庫)

最近の作品のなかでは、もっとも初期のカジシン・テイストに近い珠玉の小品。

カジシンさんは熊本に生まれ育ち、いまでもお住まいだが、ご自宅の近くに白鳥山《しらとりやま》という一六〇〇メートル級の山があるそうだ。そこは交通がとても不便なおかげで原生林などの自然が太古のまま保存され、ひとたび踏み込むと、浮き世とはまったく切り離された、時に忘れられた世界、時の流れを拒絶した空間、が広がっているという。

ジュブナイル長編『インナーネットの香保里』で初めてこの白鳥山を舞台に使ったカジシンさんが、ふたたびこの時間と隔絶された場所を魅力的な舞台としてえがいたのが、この『未来のおもいで』なのである。

現代に生きるデザイナー、滝水浩一《たきみずこういち》は家族のいない、どちらかというと孤独を好む男だった。そんな彼が楽しみにしているのが、地元にある白鳥山の散策だ。

自然の癒《いや》しをもとめて今日も山道を進む滝水はじつに幻想的な山芍薬《やましやくやく》の大群落を目撃したのち、ひどい雷と雨に襲われ山腹の洞に避難する。すると、リュックを背負った不思議な魅力をふりまく若い女性もそこに雨宿りする。持参したコーヒーをふるまったのち別れた滝水は、彼女が手帖を忘れているのに気づく。手帖には藤枝沙穂流《ふじえださほる》という名が記されていた。彼女に惹《ひ》かれた滝水は「もういちど逢いたい」と思い、名字と会話内容から住所を割りだすが、そこには名字は同じだが見知らぬ若夫婦しか住んでいなかった……彼女はいったいどこにいるのか？

美しい自然につつまれた場所で出会った男と女。二人がそこで運命的なものを感じ、再会を願う。二人のあいだには人知を超えた不思議な絆《きずな》が結ばれ、しかし同時に、人間には超えられない深い溝も口をひろげている。彼らの運命はいかに……という、じつにカジシンさんらしいロマンティックな味わいの逸品。《黄泉がえり》などの映像作品でカジシンさんの世界に遭遇したファンは、これから読みはじめるのもいいだろう。

なお、作品中にジャック・フィニイとリチャード・マシスンという、アメリカの代表的な幻想作家二人の名が出てくる。彼らは異なった世界の男女が奇蹟により出会う、という物語の名手として世界的に知られている。フィニイの短編「愛の手紙」（短編集『ゲイルズバー理文庫）をお読みになれば、カジシンさんがどんな作品に触発されたのかを深く知ることができるはずだ。サブテキストとして、これらもオススメしておこう。

グの春を愛す』収録・ハヤカワ文庫FT）と、マシスンの長編『ある日どこかで』（創元推

8『ヤミナベ・ポリスのミイラ男』（光文社文庫）

カジシンさんの作品に触れたことがあるファンに「カジシン作品の印象」について訊いたなら、多くのひとがまず思い浮かべるのは、人間味あふれるハートウォーミングな作品の名手というイメージだろう。

ヒューマニティ humanity の追求は、カジシン作品全体に通じるテーマである。しかし、そんな作者がもうひとつこだわり続けているテーマがある。〝ユーモアSF〟だ。

その路線の代表作が、一九八〇年代後半に書き継がれた連作短編をまとめた『ヤミナベ・ポリスのミイラ男』である。

そもそも題名からしてはじけているが、設定はさらにぶっとんでいる。時代ははるか未来（らしい）。木星のそばに発見されたアトランダム・ジャンクション（亜空間の出入口＝ワームホールが無数に寄り集まった特異空間。ワープ・ポイントである）を通じて人類が銀河を自由に行き来できるようになっている。主人公（らしい）吹原和彦《すいはらかずひこ》、通称カズヒコは大学受験のためにズヴゥフルV星に有り金はたいて向かったものの不合格。ズヴゥフルV星のヤミ

ナベ・ロイヤルホテルでアルバイトをしながら浪人生活を送ることになるが、ホテルで、正義を守るために戦うヒーローたちが集う〈超人サミット〉が開催されたのが運の尽き。ヒーローたちの敵、悪の組織〈パンドラ〉が爆破テロを起こし、カズヒコもそれに巻き込まれる。危篤状態から目覚めたカズヒコは、なんとフランケンシュタイン博士にならった処置で超人に改造されていた！（おかげで助かった）

そして彼を改造した正義の組織（らしい）〈L・W・C・L〉のもと、正義を守るために戦わされることになるのだ。全身、包帯を巻いたミイラ男風のヒーローという設定も凄いが、彼を待つその後の展開も驚異と狂気に彩《いろど》られ、まったく先が読めない。

誇大妄想の傾向があるスーパーマンそっくりのインチキ・ヒーロー、キャプテン・パープルがミイラ男の指導役を担当するものの、仕事そっちのけで『キャプテン・パープル音頭』を披露（単行本には音頭の楽譜や振付けも収録、お買い得だ！）。

悪の組織〈パンドラ〉がミイラ男を始末するため、貧乏神の特性を持つ謎のヒーローを刺客として送り込むあたりは、のちの日本政界における〝刺客ブーム〟を先取りしていたようにも思われる（か？）。

とまあ、こうやって書いているとじつにトンデモな話のようにしか思えないけれど、そこはカジシンさん、ちゃんといくつものSF的な素材を巧みにくすぐりに使い、深みも持たせている。たとえば超人思想やそれに対する風刺、またフランケンシュタインの怪物テーマやパロディ、さらにキメラ（キマイラ）など、細かく見ていけば大量のアイデアを駆使していることがわかるだろう。横山えいじ先生のイラストやマンガや振付けも秀逸。

ユーモアhumorの語源は「人間の体のなかに流れているもの」で、ヒューマニティhumanityに通じるものと見ていい。この二つがからみあい、カジシン・ワールドを奥深く多面的なものにしているのである。


7『時の〝風〟に吹かれて』（光文社／ハードカバー）

カジシンさんが二十一世紀になってから発表した短編十一本を集めた、最新短編集。

読者は〝異色作家〟というものをご存じだろうか。主に二十世紀後半に活躍している欧米の作家たちのなかでも、SF、ファンタジー、ミステリー、ホラーなどのジャンルを全般的に手掛けながら、個々にそれらのジャンルだけでは分類しきれないプラス・アルファの味わいを持っているワン・アンド・オンリーの面々のことを差し、とりわけ短編を得意にする者が多い。『火星年代記』のレイ・ブラッドベリ、映画《チャーリーとチョコレート工場》の原作者ロアルド・ダール、さらに前述のフィニイやマシスンなどがその代表格だ。

カジシンさんももとから短編を得意とされ、異色の味わいの作品も多く手掛けてこられたが、なかでもこの短編集は〝異色作家〟の匂いが濃厚なのだ。それは収録作の多くが、異色の味わいを狙ったアンソロジーに発表されたものだからかもしれない。

時間旅行の二面性をSF的に深く追求した「時の〝風〟に吹かれて」「時縛の人」。嫉妬深い妻に〝改造された〟学者の数奇な人生をえがく「柴山博士臨界超過！」。オヤジ狩りにあった男を救った彼女は、なんと裏バレエ（!?）の達人だったという奇想天外な「月下の決闘」。

電話の代理を頼まれた男が、テロリストと間違えられる「弁天銀座の惨劇」。『鉄腕アトム』の世界観やキャラクターを見事に再現したパスティーシュ「鉄腕アトム　メルモ因子の巻」。

さらに、早口言葉を実験小説的にあつかった「声に出して読みたい事件」など、ひとつひとつがまさに奇想天外な作品ばかり。しかし、これらを上まわるインパクトを残すのが、人間ドラマに焦点を絞った作品群だ。

父親との二人暮らしをしていた少年が、ある日偶然に母親の暮らす家にたどり着く「その路地へ曲がって」。

飼い猫をめぐる家族の人間模様をえがきながら、主人公の男性と、彼には人間の娘に見える猫ミカとの交流を追った「ミカ」。

そして、父親から母の意外な素姓を知らされる大学院生・浩司の驚きと、秀逸なオチが印象的な「わが愛しの口裂け女」。

ダム建設のあおりで水没する分校を訪れた卒業生たちが、クラスにいた謎の男の子のことを思い出す「再会」。

どれもが、カジシンさんにしかものせない、まさに異色の味わいの作品ばかり。さりげない書名から受ける印象とはまったく違う、度肝《どぎも》をぬくアイデアが横溢《おういつ》しているので、お読み逃しのないように。

6『精霊探偵』(新潮社/ハードカバー)

最近、コミックやアニメでよく使われる設定に、ゴースト・ハンターものがある。ふつうの人間、もしくは特殊能力のある人間が、独自の知恵と経験をもとに、スーパーナチュラルな要素のからむ事件の解決にあたるものだ。欧米では古くから人気があり、有名な者だけでも数十人の探偵たちが小説で活躍してきたが、日本ではコミックやアニメでは重宝されていながら、小説の世界ではあまり使われていない。スーパーナチュラルな要素を排除した純粋な論理にこだわる、日本人のミステリーに対する生真面目な気質が災いしているのかもしれない。

このゴースト・ハンターものにカジシンさんが挑んだのが『精霊探偵』である。

デザイナーの新海《しんかい》は、他人に憑依《ひょうい》する背後霊を見ることができる超能力者だった。背後霊を通じて憑依されている側の人間の情報を知ることができるおかげで、他人の役にたつことも少なくない。そんな彼も、最愛の妻を事故で亡くし虚脱状態におちいっていた。くたびれ果てた姿を心配したマンションのオーナーは、新海の能力を生かして仕事をしないかと声をかける。山野辺哲《やまのべさとし》という中年男性が失踪した妻を探しているのだという。

いまのままではまずいと仕事を引き受けた新海は、やがて自分がかかわったのがただの人探しではすまず、恐怖と戦慄に彩られた事件だと知る……。

ハードボイルド探偵ものの雰囲気が濃厚な、カジシンさんには珍しいミステリー・タッチで幕を上げ、後半はまさにゴースト・ハンターものといった壮絶な場面が連続する。押井守《おしいまもる》監督のようなアニメ出身で特撮をうまく生かし、さらにトリッキーな演出に優れた演出家による映画化が望まれる、ダークでオフビートな逸品だ。


5『悲しき人形つかい』（光文社／ハードカバー）

カジシンさんは団塊の世代の方である。団塊の世代と聞くと、僕などは一九六〇年代後半から七〇年代にかけての学生運動の時代をライヴで生きてきた人々、というイメージをまっさきに抱く。名曲『神田川』のような生活、ヒッピーっぽい学生たち……。

本書『悲しき人形つかい』の主人公、祐介《ゆうすけ》と〝フーテン〟こと風天《ふうてん》は二十一世紀の人間でありながら、どことなく懐かしい時代の青春を生きている不思議なコンビだ。大学を中退してぶらぶらする祐介と、世間の常識は欠如しているが好きな工学知識にかけては天才といってよく、特許で食うには困らない生活を送っている風天。

素朴だが楽しい共同生活を送る二人ののんびりとした暮らしが、あるとき急変する。原因は、風天が開発中の〈脳波誘導ボディフレーム〉だった。

以前、NHKで、立花隆《たちばなたかし》氏の司会による最新ロボット工学のドキュメンタリー番組が数回、放映されたのをご覧になっている読者も多いかと思う。かつてはフィクションの世界だけの話だった——たとえば耳のそばに増幅器を埋め込むことで聴覚障害を解消したりなど、様々な部分における身体上の不自由を最新技術で補正することが——夢のような処置が、いまや可能になっているのである。

さて、風天はALS（筋萎縮性側索硬化症）で苦しむ天才科学者ホーキング博士の姿を見て、全身的な麻痺を補うための一種のパワードスーツの開発を進めていたのだ。すでに現実に開発が進んでいるスーツ以上に、実用性の高いものを。しかし、二人がひょんなことから暴力団の抗争に巻き込まれたことから、せっかくの発明を願っていたのとはまったく違う用途で使うはめに……。

落語に「らくだ」という名作がある。ご存じだろうか？　死人を盾に二人の馬鹿者が無茶をする噺《はなし》で、落語のなかでもじつにブラックな味がある作品なのだけれど、本書の後半は「らくだ」のブラックな味を連想させるドタバタへとなだれ込んでいくのだ。さらに終盤はエヴァンゲリオンかガンダムかという騒ぎに！（笑）

《蒲田行進曲》の深作欣二《ふかさくきんじ》監督がご存命なら映画化してほしかった、と思いたくなる異色作である。

4『つばき、時跳《ときと》び』（平凡社／ハードカバー）

個人的に、二十一世紀になってからカジシンさんが発表した単行本のなかでダントツの出来だと思っているのが、この『つばき、時跳び』である。

戦後、祖父が買い取った旧家〈百椿庵《ひゃくちんあん》〉。それは名前そのままに立派な椿の木々にかこまれた、古い二階屋だった。しばらく誰も住む者のないこの家にやってきたのは、主人公の歴史作家だった。小学生の時、一時的に住んだことがある家に懐かしさを感じ、創作に最適な環境だと喜ぶ彼。たったひとつ問題なのは、この家には女性にしか見えない幽霊が出る、という噂《うわさ》があることだ。それを心配し、母親も電話をかけてくる始末。

最初はただの噂話だと思っていた主人公は、やがて夏の夜中に人影を目撃する。最初はぼんやりとした姿だけだったが、やがて何度も遭遇するうちに〝幽霊〟が美女だと知る。どうやら男にも見えるらしい。幽霊について興味を抱いた彼は、創作のために集めた地元の資料や古地図を調べ、家屋のどこかに幽霊が出現する原因が隠されているのではと調査をはじめる。そして、家に怪しげな細工が施されているのをつき止める。

カジシンさん十八番のロマンティックSFのひとつなのは設定を読めばすぐにわかるが、今回はその背景の書き込みがじつに厚く、一種の歴史小説のような味わいもある。さらに、ヒロインの「つばき」の魅力がなんともいえず素晴らしい。《さびしんぼう》《ふたり》の大《おお》林宣彦《ばやしのぶひこ》監督に映画化してほしい、大人の純愛物語なのである。

3『サラマンダー殲滅（上下）』（光文社文庫）

この『サラマンダー殲滅』が発表されたとき、一部のカジシン・ファンはちょっと驚いた。それまでのカジシン作品とは少し違う、ハードでシリアスな設定と要素が横溢《おういつ》した超大作だったからだ。

時代は、人類が銀河に広がっている遠い未来。ヤポリス星営病院のベッドの上で悪夢にうなされ続ける女が一人。彼女の名は神鷹静香《こうたかしずか》。夫と子供とともに惑星ヤポリスの首都にいたところ、汎銀河聖解放戦線が起こしたテロに巻き込まれ、夫と子は死亡。本人も心身に深い傷を負っていたのである。

深い心の傷から逃れるため、彼女はやりきれなさの矛先《ほこさき》を夫と子を奪ったテロリストたちへの復讐に向け、立ちあがる。協力者の夏目《なつめ》、旅の途中で知り合ったラッツオなど、仲間をたばねながら、復讐のための準備に勤しむ静香を、過酷な戦いの日々が待っていた。

設定だけを読むと、がちがちのハード・ミリタリーSFのように感じる読者もいるかもしれないが、実際に読んでいただければ、これが一種のヒロイン小説、それもヒロインを軸にした正攻法のスペースオペラであるとわかるはずだ。いつも以上にカジシンさんの筆は鋭さを増し、リアルでシリアスな物語が語られていくが、仲間たちの逸話など枝葉の部分には様様な遊びやアイデアも凝《こ》らされていて、上下二巻の超大作でありながら、すいすい読み進めていける。そう、映画にたとえるなら《ターミネーター》シリーズのサラ・コナーか、《エイリアン》シリーズのリプリーに近いんだな。ということで、ジェームズ・キャメロン監督にぜひ映画化していただきたい。このカジシンさん最大の豪速球作品は、日本SF大賞を受賞した歴史的傑作である。

なお、僕は〝ヤポリス〟は〝ヤミナベ・ポリス〟の省略形ではないかと疑っている。あれもテロがきっかけで設定が似ているしね……カジシンさんには口が裂けても言えないが(笑)。

2『おもいでエマノン』(徳間デュアル文庫)

一九六七年、傷心を抱え九州北部に向かうフェリーに乗った〝ぼく〟は客室で不思議な少女と出会う。十代とも二十代とも判別がつかない、ナップザックを抱えた美少女。ナップザックにはE・Nのイニシャル。

名前は〝NO NAME〟(無名)の逆様で〝エマノン〟と呼んでほしい、と言う彼女と会話をかわすうちに、エマノンがふつうの娘じゃないことがわかってくる。肉体年齢は十七歳、でも精神は三十億歳で、地球に生命が誕生してからすべての記憶を持っているというのだ。

彼女とはぐれた〝ぼく〟は、十数年たってふたたびエマノンと出会うのだが……。「美亜へ贈る真珠」と同じ新鮮な感動が、これにもあった。進化の過程の記憶をすべて引き継いでいる美少女エマノンの魅力は、内外のほかのSFやファンタジーのキャラクターには比較できるもの、匹敵するものがない独自性にあふれていた。

エマノンの物語はその後も今日にいたるまで書き継がれ、『さすらいエマノン』『かりそめエマノン』『まろうどエマノン』などの単行本が発表されている。ぜひ、読んでみてほしい。エマノンという永遠の少女の、終わりなき旅のエピソードを。知ってほしい。

1「美亜へ贈る真珠」(短編集『美亜へ贈る真珠』収録・ハヤカワ文庫JA)

結局、個人的1位はこれに戻ってしまう。

「航時機計画」、それは内部の時間進行速度が八万五千分の一になる「航時機」という最新装置(一種のタイムマシン)に二十三歳の青年アキを乗せ、生きたデータ・ソースとして遠い未来に遺す計画だった。

公共の場に展示されている「航時機」と、その管理を任された〝私〟。そして、ときおりアキを見にやってくる女性、美亜。三人の不思議な三角関係はそれからずっと続くが……。

舞台はほぼ一カ所で、登場人物もごくわずか。しかし、長い長い時間の流れを結晶化させ、そのなかに人間同士の心の交流を凝縮させたこの作品は、無数のカジシン・ファンを生み出すことになり、いまもそれは続いている。

読まないと、とっても損ですよ。

この短編集にはほかにも、きらきらと輝く星々のような作品がまとめられている。

成人した娘・裕帆《ゆうほ》とともに亡き妻――二十一年前に出会い、二十年前に逝った繊細な詩帆《しほ》を追想する主人公。しかし、そこには誰も知る者のいない悲しく切ない秘密が隠されていたという「詩帆が去る夏」。

人類が銀河を自在に駆けまわっている遠未来。宇専大学で梨湖《りこ》という天使のように可憐な女性と出会い、やはり同期の奈瀬進《なせすすむ》との三角関係がえがかれるが、やがて梨湖と親密になった奈瀬進が悲劇に見舞われる。だが、新たな三角関係がはじまってしまう……「梨湖という虚像」。

郁太郎《いくたろう》・玲子《れいこ》夫婦のもとに贈られてきた一辺四十センチの箱。そこには〈ユニバース・ボックス／フェッセンデン社謹製〉と記されていた。それは、本物の小さな宇宙空間を納めた箱宇宙だった！　その箱宇宙がとてつもない大騒ぎのタネになると夢にも思わなかった、夫婦の顚末《てんまつ》をＳＦチックにえがく「玲子の箱宇宙」。

シエ・スタの街。そこには〝ヒト〟の博物館があり、観光名所となっていた……ここはどこなのか、そして〝ヒト〟がなぜこんなことに、というショッキングな「〝ヒト〟はかつて尼那《にいな》を……」。

一九五〇年、主人公ヤスヒトは三歳のとき、品の良い年配の女性と出会う。相手の女性は彼の名を知っていた。女性から守護の指輪をもらった彼は、再会を約束した彼女とふたたび出会うが、という「時尼《じに》に関する覚え書」。

そして、バーで高校時代の友人、黒沢《くろさわ》と待ち合わせしている主人公。黒沢は来るなり、自分はタイムマシンを作った、と説明する。それは亜空間移動に流用できるワームホールを利用したシステムで、みずから過去へと飛んでみたらしい。だが、それが未来をゆがませることになり……とレイ・ブラッドベリ風のシチュエーションに挑んだ「江里の〝時〟の時」の全七篇。

どれも、SF的アイデアを巧みに操りながら、ロマンティックな人間ドラマをそこに縦横に編みこんだ、華麗にして可憐なタペストリーなのである。

ざっと説明してきたように、カジシン作品は映像的な要素にあふれた、美しい物語、スリリングな物語が主体で、年齢性別を問わず、多くの読者が楽しめるものが多い。今後も長く読み継がれるとともに、映像化の機会も増えていくだろう。

三十五年以上まえの「美亜へ贈る真珠」と最近の『未来のおもいで』を続けて読むと、作品の根底にある清々しさ、初々《ういうい》しさがほとんど変わっていないことがわかる。カジシンさん、つまり梶尾真治さんが一種の「航時機」、または、アキのようにも思えてくる。

本書『ムーンライト・ラブコール』には、現在もまだ入手困難になっている短編集のなかから、カジシンさんの清々しさや初々しさが際立っている、ハートウォーミングな作品が精選された。

これらの作品に触れて「あ、いいな！」と思ったなら、ぜひ、ここに挙げたほかの作品を読んでください。きっと幸せな、そして楽しいひとときを過ごせるはずだから。

きっと、良い話を読んだなと、いつまでも幸せな気分でいられるから。

〈初出〉

ムーンライト・ラブコール　SFアドベンチャー'83年6月号『綺型虚空館』（早川書房）、『宇宙船〈仰天号〉の冒険』（ハヤカワ文庫）

アニヴァーサリィ　SFマガジン'91年8月号『泣き婆伝説』（ハヤカワ文庫）

ヴェールマンの末裔たち　SFマガジン'83年6月号『綺型虚空館』（早川書房）、『宇宙船〈仰天号〉の冒険』（ハヤカワ文庫）

夢の閃光・刹那の夏　SFマガジン'81年5月号『躁宇宙・箱宇宙』（徳間文庫）

ファース・オブ・フローズン・ピクルス　SFアドベンチャー'81年4月号『躁宇宙・箱宇宙』（徳間文庫）

メモリアル・スター　SFマガジン'92年9月号『泣き婆伝説』（ハヤカワ文庫）

ローラ・スコイネルの怪物　SFマガジン'80年12月号『時空祝祭日』（早川書房、ハヤカワ文庫）

一九六七空間　SFアドベンチャー'81年8月号『躁宇宙・箱宇宙』（徳間文庫）

光文社文庫

ムーンライト・ラブコール
著 者　梶《かじ》尾《お》真《しん》治《じ》

2007年4月20日　初版1刷発行

発行者　篠　原　睦　子
印　刷　慶　昌　堂　印　刷
製　本　明　泉　堂　製　本

発行所　株式会社　光　文　社
〒112-8011　東京都文京区音羽1-16-6
電話　(03)5395-8149　編集部
8114　販売部
8125　業務部

ISBN978-4-334-74230-0　Printed in Japan

お願い　光文社文庫をお読みになって、いかがでございましたか。「読後の感想」を編集部あてに、ぜひお送りください。

このほか光文社文庫では、どんな本をお読みになりましたか。これから、どういう本をご希望ですか。どの本も、誤植がないようつとめていますが、もしお気づきの点がございましたら、お教えください。ご職業、ご年齢などもお書きそえいただければ幸いです。当社の規定により本来の目的以外に使用せず、大切に扱わせていただきます。

光文社文庫編集部

光文社文庫　好評既刊

黒豹奪還（上・下）　門田泰明
修羅王ドラゴン　門田泰明
兇襲　門田泰明
美貌のメス　門田泰明
諜報者たちの夜　門田泰明
死飾殿　門田泰明
必殺弾道　門田泰明
タスクフォース（上・下）　門田泰明
2 0 3号室　加門七海
真理MARI　加門七海
オワスレモノ　加門七海
五月十五日のチャップリン　川田武
後味　神崎京介
おれの女　神崎京介
男泣かせ　神崎京介
ぎりぎり　神崎京介
五欲の海　神崎京介

五欲の海　乱舞篇　神崎京介
女の方式　神崎京介
魔殺指鬼　菊地秀行
魔性淫指　菊地秀行
妖魔王　菊地秀行
妖魔男爵　菊地秀行
〝影人〟狩り　トンキチ冒険記　菊地秀行
ブルー・ランナー　トンキチ冒険記2　菊地秀行
魔指淫戯　菊地秀行
シルヴィバン―生存者―　菊地秀行
妖藩記　菊地秀行
蘭剣からくり烈風　菊地秀行
錆　北方謙三
標的　北方謙三
雨は心だけ濡らす　北方謙三
不良の木　北方謙三
明日の静かなる時　北方謙三

篠田節子 ブルー・ハネムーン
柴田よしき 猫と魚、あたしと恋
柴田よしき 風精《ゼフィルス》の棲む場所
柴田よしき 星の海を君と泳ごう
柴田よしき 時の鐘を君と鳴らそう
柴田よしき 猫は密室でジャンプする
柴田よしき 猫は聖夜に推理する
柴田よしき 猫はこたつで丸くなる
柴田よしき 猫は引っ越しで顔あらう
菅 浩江 プレシャス・ライアー
高野裕美子 サイレント・ナイト

高野裕美子 キメラの繭《まゆ》
新津きよみ イヴの原罪
新津きよみ そばにいさせて
新津きよみ 彼女たちの事情
新津きよみ ただ雪のように
新津きよみ 氷の靴を履く女
新津きよみ 彼女の深い眠り
新津きよみ 彼女が恐怖をつれてくる
新津きよみ 信じていたのに
乃南アサ 紫蘭の花嫁
宮部みゆき 東京下町殺人暮色

宮部みゆき スナーク狩り
宮部みゆき 長い長い殺人
宮部みゆき 鳩笛草 燔祭《はんさい》／朽ちてゆくまで
宮部みゆき クロスファイア（上・下）
山崎洋子 マスカット・エレジー
若竹七海 ヴィラ・マグノリアの殺人
若竹七海 名探偵は密航中
若竹七海 古書店アゼリアの死体
若竹七海 死んでも治らない
若竹七海 閉ざされた夏
若竹七海 火天風神

女性ミステリー作家傑作選 全3巻
山前 譲編

①殺意の宝石箱
青柳友子・井口泰子・今邑 彩
加納朋子・桐野夏生・栗本 薫
黒崎 緑・小池真理子・小泉喜美子

②恐怖の化粧箱
近藤史恵・斎藤 澪・篠田節子・柴田よしき
新章文子・関口芙沙恵・戸川昌子
永井するみ・夏樹静子・南部樹未子

③秘密の手紙箱
新津きよみ・仁木悦子・乃南アサ
藤木靖子・皆川博子・宮部みゆき
山崎洋子・山村美紗・若竹七海